Wir sind auch nur ein Mensch

Sabine Hensel

Wir sind auch nur ein Mensch

Kurzgeschichten

Alle Rechte bei der Autorin
Illustrationen: Cindy Müller, Lübeck
Herstellung: Books on Demand GmbH,
Norderstedt
ISBN 3-8330-0707-9

Inhalt

Silvesterkarpfen Sumpfi

„Tom, hast du deine saubere Wäsche einge-
packt?", schrie die Mutter über den langen Flur.
Tom presste seine großen Füße in die Turnschuhe
und streifte die Jacke über. „Na dann tschüss!",
rief er der Mutter zu und wollte unauffällig die
Wohnung verlassen. Das gelang ihm aber nicht,
denn die Eltern und seine kleine Schwester standen schon Spalier und verabschiedeten sich von
Tom: "Denk` daran Tom, Lehrjahre sind keine
Herrenjahre und ein Lehrling muss immer schön
sauber sein in der Küche, das ist wichtig als ange-
hender Koch!"
„Ja Mutti, ich weiß, immer diese Sprüche, die werden mir bei der Arbeit am Silvesterabend auch
nicht helfen!" Tom verließ fluchtartig die Wohnung und schlenderte schlecht gelaunt die Straße
entlang.
„Tom, heute ist Karpfentag, da wirst du richtig in
die Fischküche eingewiesen", brummelte Herr
Gutschmecker, der Chefkoch. Tom schrubbte den
Tisch und legte die notwendigen Messer bereit.
„Ich bin soweit, Herr Gutschmecker."
„Na dann wollen wir uns mal an die Arbeit
machen! Drei Tage konnten sich die Viecher schön
reinigen im Wasserbad, nun sind sie reif für das
letzte Essen in diesem Jahr!"
Tom und Gutschmecker gingen in den Keller und
schauten sich die zwanzig munteren Karpfen im
Becken an. „Tom mein Jung`, das hier sind Spie-

gelkarpfen, denen die Schuppen weggezüchtet wurden, auch die Lederkarpfen haben keine Schuppen mehr. Du musst immer aufpassen, dass du keinen Wildkarpfen erwischt, das sind die, die in unseren verschlammten Seen herumdümpeln. Diese Fische sind über und über mit Schuppen bedeckt und weil sie im Schlamm leben, schmecken sie nicht besonders gut, auch wenn du sie tagelang im Wasserbad reinigst, es bleibt immer etwas vom schlammigen Geschmack übrig. Aber nun ist es genug mit der Unterweisung, du packst jetzt einen Karpfen fest in die Kiemen, aber aufpassen, die sind scharf, und legst ihn in den Eimer. Dann gehen wir hoch in die Küche und schlachten ihn."

Tom griff angeekelt in das Becken und er sah, dass die Karpfen schnell hin und her schwammen, als würden sie ihr Schicksal erahnen. Nach intensivem Greifen erwischte er endlich einen Karpfen, packte ihn fest in die Kiemen und schaute ihn an. Tom hatte das Gefühl, als würde der Karpfen ihn mit seinen Augen anflehen, er solle ihn wieder in das Wasser legen. Erschrocken ließ Tom den Karpfen los und sah, dass dieser Fisch sich durch einen hellen Fleck über dem linken Auge von den anderen Karpfen, die alle schwarz waren, unterschied.

„Tom, warum hast du den Karpfen wieder losgelassen? Die Gäste kommen bald und wollen frisch geschlachteten Karpfen, garniert mit Gemüse und Kartoffeln, auf ihrem Teller sehen!", schrie Gutschmecker den genervten Tom an.

„Aber Herr Gutschmecker — bitte — die Tiere tun mir so Leid, die schauen mich richtig traurig an, als hätte man sie zur Hinrichtung verurteilt, ohne dass sie etwas getan haben!", stammelte Tom eingeschüchtert.

„Tom, willst du nun ein guter und exzellenter Koch werden, oder nicht?"

„Ja, schon."

„Dann nimm jetzt sofort so einen Karpfen bei den Kiemen und leg ihn in den Eimer rein, sonst kannst du gleich nach Hause gehen — für immer!"

Tom fischte mit zitternden Händen im Becken herum, griff einen Karpfen fest in die Kiemen und legte das zappelnde Tier in den bereitgestellten Eimer. Beide gingen die Treppe hinauf und er legte das Tier auf den Tisch, wo die Karpfenhinrichtung stattfinden sollte. Mit gekonntem Griff legte Gutschmecker den Karpfen auf den Tisch, schlug mit einem Holz auf den Kopf und auf den Schwanz, setzte das Messer gekonnt an, nahm die Eingeweide heraus und spülte das Tier ab. Der Topf mit dem Sud stand bereit und der halbierte Karpfen landete im kochenden Wasser. Tom sah mit Ekel diese Prozedur und erschrak sehr, als sich die Teile des Karpfens im Topf aufbäumten.

„So Tom, hast du genau hingesehen, wie ich das eben gemacht habe? Den nächsten Karpfen holst du jetzt alleine hoch und wirst ihn unter meiner Aufsicht schlachten, ausnehmen und zerteilen", sagte Gutschmecker lachend zu Tom. Daraufhin ging Tom mit seinem Eimer in den Keller und kniete verzweifelt vor dem Karpfenbecken. Der Karpfen mit dem hellen Fleck schwamm zu Tom und schaute ihn an, als wolle er ihn trösten. „Ach ihr armen Tiere, hätte ich gewusst, dass ich euch selbst erlegen muss, hätte ich mir das mit dem

Kochberuf noch einmal überlegt. Ich dachte in einer Gaststätte wird alles bereits tot angeliefert. Bitte seid mir nicht böse, aber ich muss es tun, es geht um meine Zukunft. Der Gutschmecker ist ein strenger Ausbilder. Und wenn ich es nicht tue, dann wird es der Gutschmecker machen!", sagte Tom verzweifelt zu den Karpfen und griff sich das nächste Opfer.

Gutschmecker wartete schon ungeduldig an der Schlachtbank und Tom nahm allen Mut zusammen, schlug dem Tier auf den Kopf und auf den Schwanz und tötete das Tier schließlich in erwarteter Reihenfolge.

„Na, das ging doch besser, als ich gedacht hatte, Tom! Nun weißt du, was zu tun ist, wenn eine Bestellung für Karpfen kommt."

Leider kamen die Bestellungen für Karpfen am laufenden Band und Tom kämpfte mit seiner Übelkeit. Immer wieder entschuldigte er sich am Fischbecken bei den Karpfen, auf dem Weg zur Schlachtbank streichelte er das nächste Opfer ganz unauffällig und deckte ihm die Augen vor dem Schlag auf den Kopf zu. Der Karpfen mit dem weißen Fleck kam jedes Mal angeschwommen und schaute Tom traurig an, bewegte sein Maul hin und her und Tom fühlte sich bei diesem Anblick nicht mehr so schuldig, er gab ihm den Namen Sumpfi. So verging der Abend in der Küche bis Gutschmecker rief: "Tom, komm, dein Essen steht hier, mach mal Pause!" Tom ging schon sichtlich erschöpft zu Gutschmecker und nahm seinen bereits gefüllten Teller in Empfang. Ihm wurde schlecht beim Anblick des Essens.

„Na nun iss schon, Tom, du weißt ja gar nicht, wie gut so ein Karpfen schmeckt!", redete Gutschmecker ihm väterlich zu. Tom setzte sich an den Tisch und schaute den halben Karpfen an. Sein Magen meldete Hunger und Tom kämpfte mit dem ersten Bissen. Aber es schmeckte tatsächlich so gut, dass er die Vorbereitungen vergaß und den Teller schnell geleert hatte. Nach dem Essen waren wieder mehrere Bestellungen für Karpfen auf seinem Tisch und er ging in den Keller. Jetzt schwammen nur noch drei Karpfen im Becken und zwei waren schon bestellt. Die nächste Bestellung würde den sicheren Tod für Sumpfi, den Tom schon als seinen Freund betrachtete, bedeuten. Das musste Tom auf jeden Fall verhindern! Er suchte einen Eimer mit Deckel, den er auch bald fand, füllte ihn mit Wasser und setzte seinen Freund Sumpfi hinein. Tom rannte wie besessen in den Umkleideraum und versteckte den Eimer in seinem Schrank. Hektisch ging er mit den letzten beiden Karpfen in die Küche und sah, dass schon die nächste Bestellung für Karpfen auf seinem Tisch lag. Tom ging mit diesem Bon zu Gutschmecker und sagte: "Das sind die letzten beiden Karpfen und diese Bestellung kann nicht ausgeführt werden."

„Das ist aber komisch, ich hätte gewettet, dass da noch ein Karpfen sein müsste! Aber in der Hektik kann das schon mal passieren. Gib her, ich gebe es dem Kellner zurück, dann müssen die Gäste eben Lachs essen, der ist noch reichlich vorhanden. Wer zu spät kommt, den bestraft eben das Leben!", Gutschmecker lachte laut und die Wirkung seines Silvestertees war nicht zu übersehen.

Sichtlich erleichtert, ging Tom an seine Arbeit und tötete, jetzt schon fast routiniert, die letzten beiden Karpfen. Es war zwei Uhr am Neujahrsmorgen. Tom war völlig erschöpft vom stressigen Dienst und lief in der Dunkelheit, die ab und zu von den Silvesterraketen erhellte wurde, in Richtung Arnosee. Sein Arm wurde immer länger und die Kälte ließ ihm fast die Hand erfrieren am Eisengriff des Eimers, in dem sich der Karpfen Sumpfi tummelte. Nachdem Tom den See erreicht hatte, merkte er, dass sich eine Eisschicht auf dem Wasser gebildet hatte. Er suchte einen dicken Stamm und pickte damit ein Loch in das Eis. Danach öffnete er die kleine Flasche Sekt, die er sich mitgenommen hatte, setzte sich an den Rand des Sees und öffnete den Eimer. „So mein lieber Sumpfi, jetzt will ich die erste gute Tat im neuen Jahr vollbringen und mache dich zu einem Wildkarpfen. Du sollst ganz viele Schuppen bilden und für die Menschen ungenießbar werden. Ich wünsche dir ein glückliches Karpfenleben in diesem See und danke, dass du mir heute Trost gegeben hast, wie hätte ich das Morden sonst überstanden."
Tom trank seinen Sekt und kippte den Karpfen in das offene Wasser.

Geborgenheit

Geburt
  Mutter
    Wärme
  Geborgenheit

Kindheit
  Freunde
    Vertrauen
  Geborgenheit

Jugend
  Tatendrang
    Enttäuschung
  Geborgenheit

Ehe
  Liebe
    Sorgen
  Geborgenheit

Krankheit
  Angst
    Partner
  Geborgenheit

Alter
  Erinnerung
  Abschied

Kinderwunsch

Im Raum herrschte Stille, die nur von dem Klappern der Schreibmaschine unterbrochen wurde. Die unpassend pompös gekleidete Sekretärin an der Schreibmaschine warf Tina ein übertrieben freundliches Lächeln zu. Tom saß wie versteinert neben Tina und drückte ihr so fest die Hand, dass ihre Fingerspitzen blau anliefen. Plötzlich wurde die Stille von einer tiefen, sympathischen Stimme, die aus einem Apparat ertönte, unterbrochen. „Bitte gehen Sie zu Herrn Professor Mengewitz", trällerte die nette Dame an der Schreibmaschine, wobei sie sofort aufsprang und den beiden Wartenden die große Flügeltür öffnete. Tina und Tom folgten der Dame hastig und betraten den hellen Raum, der bis unter die Decke mit Büchern gefüllt war. In einem großen Erker stand ein schwerer, geschnitzter Schreibtisch und in dem Ohrensessel hinter dem Schreibtisch saß ein kleiner, rundlicher Mann, dessen Brille fast das ganze Gesicht bedeckte.

„Guten Tag, bitte setzen Sie sich, Familie Wolter", sagte Professor Mengewitz. Tina und Tom setzten sich auf die großen Armlehnstühle und schauten beide erwartungsvoll den Professor an.

„Wie geht es Ihnen?", fragte der Professor.

„Danke, es geht", antwortete Tina mit bebender Stimme.

„Nun ja, die Untersuchungsergebnisse sind jetzt vollständig — ich habe für Sie beide leider keine gute Nachricht."

„Was ist?", platzte Tom heraus.

„Ja, Herr Wolter, Sie können den Kinderwunsch Ihrer Frau leider nicht erfüllen. Alle Tests kommen eindeutig zu dem Ergebnis, dass Sie unfruchtbar sind – wir können Ihnen leider nicht helfen."

„Nein – das kann nicht sein!", schrie Tom den Professor an. Tina schossen die Tränen aus den Augen und sie verließ fluchtartig den Raum. Tom sprang auf und folgte ihr. Nach längerer Suche fand Tom seine Tina auf einer Parkbank. Er setzte sich schweigend zu ihr und nahm sie in die Arme.

„Such` dir einen anderen Mann, Tina. Du bist noch jung und hübsch, was willst du mit so einem wie mir", stammelte Tom leise.

„Hör auf Tom, so ein Blödsinn! Zwei Jahre rennen wir von einem Arzt zum anderen, und endlich sagt uns mal einer die Wahrheit – drehst du gleich durch!"

„Was soll jetzt werden? Du wünschst dir so sehr ein Kind! Was hast du schon alles über dich ergehen lassen!"

„Aber – ich liebe dich, und ein Kind großziehen will ich nur mit dir. Du bist der ideale Vater."

„Na komm, lass uns in den Supermarkt gehen, wir kochen chinesisch und trinken Wein, dann bereden wir alles in Ruhe."

Beide schlenderten zum Auto und fuhren zum Markt. Tina füllte den großen Einkaufskorb völlig unkontrolliert und Tom ließ ihr freien Lauf. Als sie sich der Textilabteilung näherten, wollte Tom einen großen Bogen um die Babyabteilung machen, aber Tina lief wie besessen dort hin und wühlte in den Reihen, als hätte sie eine ganze

Babygruppe einzukleiden. Dabei fiel ihr eine schon etwas reifere Frau auf, die den Wagen mit Kindernahrung, Spielzeug und Kinderkleidung gefüllt hatte. Tina überfiel ein neidvolles Gefühl und sie war wieder den Tränen nahe. Sie ging zu Tom und beide widmeten sich den Weinregalen. Als der Wagen fast überquoll, bat Tom, die Kasse anzusteuern. Während sie an der Kasse warteten, hörten sie die Frau vor ihnen zu der Kassiererin sagen: „Ja, ich kaufe viel mehr ein als sonst. Wir haben ja auch jetzt zwei Mäuler mehr zu füttern."

„Aber, Frau Meier, ich habe Sie nie schwanger gesehen!"

„Nein, alle Versuche sind fehlgeschlagen und nun haben wir uns Zwillinge aus dem Kinderheim in Bosnien geholt — ganz süß."

„Was? Gleich zwei Kinder?"

„Die beiden haben uns sofort gefallen und Zwillinge soll man nicht trennen. "

Tina lauschte aufmerksam dem Gespräch und stupste ihren Tom unauffällig an. „Hast du das gehört, Tom?", fragte Tina beim Verlassen des Supermarktes."

„Was meinst du, Tina?"

„Tom, die Frau da eben, vor uns an der Kasse, die haben sich zwei Kinder aus dem Kinderheim geholt."

„Tina, das meinst du doch nicht wirklich ernst?"

„Warte mal, Tom!" Tina sah die Frau am Auto und rannte zu ihr. „Entschuldigen Sie bitte, aber, ich hörte eben an der Kasse, dass Sie sich zwei Kinder aus dem Heim geholt haben."

„Ja, warum?"

„Wie geht das, wir wollen auch Kinder haben."

„Sie sind doch jung, können Sie keine Kinder bekommen?"

„Nein, nicht direkt."

„Moment, ich gebe Ihnen meine Telefonnummer, rufen Sie an und dann kommen Sie zu uns und wir erzählen Ihnen, wie es uns ergangen ist."

„Vielen, vielen Dank, ich rufe bestimmt an!"

Tina stürzte völlig aufgedreht auf Tom zu, fiel ihm um den Hals und flüsterte ihm ins Ohr: "Heute Abend werden wir darüber reden, ob wir einen Jungen, ein Mädchen, ein Kind oder zwei Kinder haben wollen."

Von Peinlichkeit berührt

„Hast du heute schlechte Laune?", fragte Peter, wobei er eine neue Schachtel Zigaretten öffnete.

„Eigentlich nicht, aber meine Alten zu Hause, die schaffen mich", murrte Tom und setzte sich auf die Bank im Buswartehäuschen.

„Nur gut, dass wir hier unsere Ruhe haben", seufzte Peter. „Aber wenn ich nach Hause komme, fängt die Meckerei mit Schule, Hausaufgaben, aufräumen, Zähne putzen und all dem Mist wieder an."

„Hast du Mundspray mit?"

„Nein."

„Auch egal. In drei Jahren haben wir es geschafft, dann sind wir achtzehn."

„Na, du hast es gut, deine Eltern sind noch jung, aber meine Mutter ist fünfundvierzig und mein Vater fast fünfzig, so alte Herrschaften, total belastend", sagte Tom und nahm seine Brille ab, wobei er mit den schlanken, gespreizten Fingern durch seine langen, grün gefärbten Haare fuhr.

„Dafür haben deine Eltern richtig Kohle — wo ihr überall hinfahrt."

„Das ist schon wahr, aber meine Mutter ist die Peinlichkeit in Person!"

„Wieso? Die sieht doch klasse aus! Meine Mutter rennt zu Hause nur mit Kittelschürze rum und die ist zehn Jahre jünger."

„Aber meine Mutter übertreibt es mit den Klamotten. Wir sind neulich im City Center gewesen, die muss wieder in den nächsten Klamottenladen rennen und für eine Stunde die Umkleidekabine blockieren. Dort hat sie eine Modenschau veranstaltet — ist das peinlich!", ereiferte sich Tom. Ihm stieg Röte ins Gesicht.

„Na, wenn man so eine Traumfigur hat, wie deine Mutter."

„Weißt du was, zum Schluss hat sie nichts gekauft und dann wollte sie sich mit meinem Vater darüber auch noch totlachen!", schüttelte Tom entsetzt den Kopf.

„Besser als meine Mutter, die liest stundenlang Kataloge und bestellt Sachen, die ihr sowieso nicht passen, weil sie immer dicker wird. Dann muss ich die riesigen Pakete zur Post schleppen und zum Schluss hat sie wieder die hässliche braune Hose und die selbstgestrickten Pullover an."

„Du kannst dir nicht vorstellen, wie peinlich meine Alten im Urlaub, in Portugal, waren."

„Wieso? Ich denke, der Urlaub war geil?"

„Ja — schon, aber da war an einem Abend Karaoke, und was hat meine Mutter in ihrer knallengen Lederhose gemacht? Die meldet sich und singt doch tatsächlich Cher. Ich dachte, nur raus hier, so peinlich war mir das. Vater ist vor Begeisterung fast ausgeflippt."

„Wenn meine Mutter zu Hause eine Flasche Rotkäppchensekt aufmacht, weiß ich, es ist Volksmusik im Fernsehen."

„Na, und?"

„Nur gut, dass niemand sehen kann, wie die beiden, Mutter in Kittelschürze und Vater im Unterhemd, auf dem Sofa sitzen — und schunkeln."

„Geil!"

„Wenn dann Maria Hellwig mit ihrer Tochter singt, flippen die beiden ganz aus, und meine Mutter grölt, nach dem zweiten Glas Sekt, immer laut mit."

„Das stelle ich mir bei euch lustig vor ."

„Lustig? – Da kannst du dir nur noch die Ohren zukleben!"

„Was meinst du, Peter, ob die mit über vierzig noch was miteinander haben?"

„Nee – meine Eltern sind noch keine vierzig, aber meine Mutter hat neulich zu meinem Vater gesagt, dass sie es nicht mehr einsieht, die Pille zu nehmen, es passiert ja sowieso nichts mehr."

„Nach dem Karaokeabend in Portugal haben meine Eltern um drei Uhr früh immer noch gelacht und so ..."

„Vielleicht überkommt es sie im Urlaub mal, aber in dem Alter ..."

„Peter, sag mal, warum wird deine Mutter in letzter Zeit immer dicker?"

„Weiß nicht."

„Ich kann mir schon vorstellen, dass dein Vater keine Lust mehr auf deine Mutter hat, wie die immer rumläuft."

„Hör auf", murmelte Peter mit gesenktem Kopf, und schob die vierte Zigarette in den Mund seines rundlichen Gesichtes. „Weißt du Tom, meine Eltern essen nicht – die stopfen alles Mögliche in sich rein."

„Aber dafür nervt meine Mutter beim Einkaufen total."

„Wieso beim Einkaufen?"

„Da liest sie mehr, als sie kauft."

„Was liest sie denn, die Preise?"

„Nein — weiß nicht genau — irgendetwas, mit Fett hat das zu tun."

„Schmeckt das, was sie kauft?"

„Ja, wenn sie nicht gerade mal wieder so ein neues Rezept ausprobiert."

„Kocht deine Mutter nach Rezepten?"

„Das kann ich dir sagen, laufend kocht sie etwas anderes, und mein Vater tut immer total begeistert."

„Und — schmeckt es ihm denn in Wirklichkeit nicht?"

„Er gibt es jedenfalls nicht zu."

„Der schleimt sich wohl gern bei deiner Mutter ein?"

„Was meinst du, Peter, wie verliebt die manchmal tun!"

„Sind sie es denn nicht?"

„Na, ich glaube schon, aber deshalb muss man doch nicht eng umschlungen vor dem Fernseher sitzen und Wein trinken."

„Trinkt dein Vater kein Bier?"

„Selten, er trinkt nur manchmal Wein mit meiner Mutter — und das auch noch bei Kerzenlicht — total übertrieben!"

„Tom, ich finde das geil, so wie deine Eltern sind."

„Sag mal Peter, spinnst du? Weißt du, wie das nervt, wenn die Joe Cocker hören, und dazu auch noch abgedreht tanzen?"

„Tom, deine Eltern tanzen?! Meine Eltern können nur schunkeln." Beide fingen herzlich an zu lachen. „Tom, ich habe eine Idee!"

„Was für eine?"

„Du findest deine Eltern doch so ganz daneben."

„Ja - und?"

„Wollen wir tauschen?"

„Wie? — Tauschen?"

„Ich lebe vier Wochen bei dir, und du vier Wochen bei mir!" Eine lange Pause trat ein, und in der Abendstille war jeder Atemzug von Tom deutlich zu hören.

Geschlechterkampf

Das Kaminfeuer loderte und die roten Flammen des Feuers reflektierten an der Zimmerdecke. Vor dem Kamin standen große und kleine Kerzen, die für eine romantische Stimmung sorgten. Ein lauter, lustvoller Schrei begleitet von lautem Stöhnen durchdrang den Raum.

„Sag' laut, dass ich ein Mann bin, mein Engelchen, sag' es laut – nein schrei' es laut heraus."

Alexandra legte sich auf die Seite und nahm den Kopf ihres geliebten Paul auf ihren runden Bauch. Sie flüsterte ihm zärtlich ins Ohr: „Du bist der zärtlichste Liebhaber und bald der beste Papa, den es auf Erden geben wird. In ein paar Wochen ist es soweit, dann wirst du dein Kind im Arm halten."

„Bitte, bitte", stöhnte Paul, „bitte versprich mir, dass es ein Junge wird." Paul bedeckte ihre freien, prallen Brüste mit einem Tuch und streichelte lustvoll den Bauch seiner schwangeren Geliebten. Alexandra antwortete nicht auf diese Bitte, denn sie kannte den schon hysterischen Wunsch ihres Paul seit Beginn ihrer Schwangerschaft. Sie wünschte sich eigentlich ein Mädchen und letztendlich war es ihr egal, was es nun wird, Hauptsache gesund und munter und die Geburt sollte schnell gehen. Alexandra stand unter der Dusche, als es an der Haustür schellte. Sie bat mit lautem Rufen um etwas Geduld, zog ihren weiten Hausmantel über und eilte zur Tür.

„Hallo, meine Gute", trat die korpulente Frau in die Wohnung.

„Guten Morgen Mutter", begrüßte Alexandra ihre aufdringliche Schwiegermutter.

„Ich habe Brötchen mitgebracht und wir können gemeinsam frühstücken, ich will doch unsere junge Mama noch etwas verwöhnen, damit du genügend Kraft hast, mein Enkelchen auf die Welt zu bringen. Hoffentlich wird es ein Mädchen! Du verrätst ja niemandem, was es wird. Sage mal, heute haben die doch so tolle Geräte, die können doch in den Bauch reinschauen!"

„Ja, Mutter, es ist schon wahr, aber ich will es einfach nicht wissen! Du weißt doch, dass sich dein Paul so auf einen Jungen versteift hat und wenn es vielleicht doch ein Mädchen werden sollte, dann ist er schon die ganze Schwangerschaft über enttäuscht und liebt sein Kind nicht genug."

„So ein Blödsinn! Mein Paulinche ist doch normal aufgewachsen!"

„Mutter, du sollst nicht Paulinche zu Paul sagen, er wird jedes Mal furchtbar wütend, wenn er das hört!"

„Schon richtig, aber er bleibt nun mal mein Paulinche, schließlich sollte er ein Mädchen werden und er hatte diese schönen dunklen lockigen Haare. Wie er heute aussieht mit seinem lichten Haar und diesem hässlichen Vollbart im Gesicht, das passt gar nicht zu seinen wunderschönen Rehaugen, die er von mir geerbt hat."

„Mutter komm, lass das, ich koche jetzt Kaffee. Du kannst schon mal den Tisch decken und ich ziehe mich in der Zwischenzeit an." Sofie schob sich langsam durch den Flur in die Küche und deckte

24

den Frühstückstisch. Sie holte die Tageszeitung aus dem Wohnzimmer und zündete eine Kerze an. Als Alexandra den liebevoll gedeckten Tisch sah, war ihr anfänglicher Ärger verflogen und sie setzte sich langsam auf ihren speziellen Stuhl, der mit Kissen gepolstert war. „Hast du schon die Zeitung gelesen, Alexandra?"

„Nein, ich habe sie nur in das Wohnzimmer geholt."

„Da steht heute ein großer Artikel drin, dass die Polizei eine ältere Frau sucht, die hier im Umkreis die Schulkinder in eine verborgene Gegend lockt, es sind immer Mädchen mit langen Haaren, und dann schneidet die Alte den Mädchen die Haare ganz kurz, verpasst ihnen eine richtige Jungsfrisur, zieht den Mädchen Lederhosen und ein kariertes Hemd an, fotografiert sie und lässt sie wieder laufen."

„Was soll das für einen Sinn haben?"

„Das ist wieder so eine Verrückte, die aus der Irrenanstalt ausgebrochen sein muss."

„Es ist schon frivol, dass es überhaupt möglich sein kann, dass solche Verrückten Freigang haben, die richten doch nur wieder Schaden an, weil sie einfach nicht anders können." Sofie schnitt gerade das dritte Brötchen durch, als Alexandra das Phantombild der Verrückten betrachtete. Sofie überkam ein merkwürdiges Gefühl, das sie nicht deuten konnte und ihr wurde schlecht. Sie sprang auf und verabschiedete sich von Alexandra.

Alexandra kniete in ihrem Blumenbeet, das sie mit sehr viel Hingabe angelegt hatte und in dem kleinen Garten ihres Reihenhauses ein wahrer

Blickfang war. Paul kam auf Alexandra zu und schimpfte sie besorgt aus. „Alex, ich bitte dich, denk an unseren Peter. Der Junge braucht Ruhe in deinem Bauch und du sollst dich schonen so kurz vor der Niederkunft."

„Aber Paul, Bewegung ist gut für uns beide. Die Geburt wird durch ausreichende Bewegung und Gymnastik erleichtert."

„Komm mal mit ins Kinderzimmer, ich habe eine Überraschung für Peter!" Paul half seiner Frau auf die Beine und beide gingen Arm in Arm in das Kinderzimmer. Die Wände waren mit hellblauer Tapete, auf der kleine Schafe als Wolken und eine große Sonne dargestellt waren, tapeziert. Die Gardinen waren in hellblau gehalten und die Babywiege war mit Motiven des Fußballclubs Bayern München verziert. Auf dem Fußoden war eine komplette elektrische Eisenbahn aufgebaut. Die Spielzeugkiste war schon jetzt gefüllt mit Bausteinen und als Überraschung zeigte Paul seiner Alex einen original signierten Fußball von Bayern München. „Was sagst du dazu, Alex!"

„Paul, bitte, es kann doch auch ein Mädchen werden!"

„Nein, das kann es nicht! Ich habe diesen Fußball dem Sohn eines Kollegen für dreitausend Mark abgekauft!"

„Paul", schrie Alexandra entsetzt, „hast du etwa das Sparbuch geplündert!"

„Nein, ich habe ein gutes Geschäft gemacht, da war das Geld eben übrig!"

„Was machst du für Geschäfte, Paul?"

„Da kümmere du dich mal nicht drum, Hauptsache das Geld ist da und ich kann meinen Sohn verwöhnen!"

„Bitte Paul, sag mir, was du für Geschäfte machst, die soviel Geld nebenbei einbringen können."

„Das geht dich einen Scheißdreck an, merk dir das. Du sollst mir einen Sohn gebären und das andere lass mal meine Sorge sein", schrie Paul Alexandra wie von Sinnen an. Alexandra zitterte am ganzen Leib und ihr rollten die Tränen über das Gesicht. „Was heulst du jetzt rum, denk an meinen Sohn, der darf sich nicht aufregen!", schrie Paul noch lauter. Alexandra zog ihren Mantel und die Schuhe an und flüchtete vor ihrem wild gewordenem Geliebten, den sie so noch nie erlebt hatte. Sie setzte sich in ein Straßenkaffee und rang nach Fassung.

„Hallo Alex", flüsterte eine angenehme Stimme ihr ins Ohr. Alexandra wurde aus ihren Gedanken gerissen und sie schaute sich um. Beim Anblick ihrer Freundin rollten ihr wieder die Tränen über das Gesicht und sie fühlte sich erleichtert, eine vertraute Person bei sich zu wissen. „Was hast du?" fragte Doris.

„Ich bin total fertig, Doris. Der Paul ist heute total durchgedreht mit seiner Hysterie nach einem Jungen."

„Komm erzähl mir alles, dann geht es dir besser und wenn du eine Bleibe suchst, du weißt, bei uns kannst du jederzeit wohnen." Alexandra befreite ihre Seele und ging beruhigt wieder nach Hause.

Sie öffnete die Haustür und dort stand Paul schon mit einem riesigen Blumenstrauß. Er kniete nieder und bettelte um Verzeihung. Alexandra lächelte ihn an und beide verbrachten einen schönen Abend. In der Nacht spürte Alexandra, wie Paul sie wieder auf die Knie schob, das Nachthemd hoch schlug und von hinten in sie eindringen wollte. „Bitte Paul, jetzt geht es auf die Endphase zu, bitte nimm jetzt Rücksicht auf mich."

„Willst du mich abweisen, meinen Sohn zu besuchen!", sagte Paul im barschen Ton. „Ich werde ganz vorsichtig sein." Alexandra ließ es über sich ergehen und sie hörte Paul wieder ganz laut stöhnen: „Schrei` es heraus, dass ich ein Mann bin!" Alexandra reagierte nicht und Paul griff sie grob in die Haare: „Los, schrei es heraus!", brüllte er sie an.

„Ja, du bist ein Mann, du bist der Größte!"
Nachdem sich Paul erschöpft auf die Seite fallen ließ, rollte Alexandra aus dem Bett und wollte aufstehen. Plötzlich spürte sie ein starkes Ziehen im Bauch und das Fruchtwasser lief an ihren Beinen herunter. „Paul, es ist soweit, die Fruchtblase ist geplatzt, wir müssen in die Klinik." Paul sprang aus dem Bett und half seiner Alex in die Kleider. Die Wehen setzten langsam ein und Paul war außer sich vor Freude. „Endlich soll ich meinen Sohn sehen!" jubelte er laut. Der Kreissaal war mit hellgrünen Kacheln gefliest, die farblich genau auf die Kleidung der Hebamme und des Arztes abgestimmt waren. Alexandra hatte nun schon neun leidvolle Stunden hinter sich gebracht und der Arzt entschied einen Kaiserschnitt. Alexandra war erleichtert über diese Entscheidung, denn ihre Kräfte ließen nach und das Gejammer von Paul konnte sie schon lange nicht mehr hören. Paul saß total fertig mit den Nerven im Wartezim-

mer. Er trank einen Kaffee nach dem anderen, damit er nicht einschlafen würde. Die Hebamme kam freudig auf Paul zu und bat ihn mit in den Kreissaal zu kommen. Paul zog wieder die vorgeschriebene Kleidung an und ging erwartungsvoll auf die junge Mutti zu. „Mein Engelchen, wo ist er denn, mein Sohn?"

„Es sind zwei Mädchen", hauchte sie noch völlig benommen.

„Nein!", schrie Paul durch den Kreissaal. „Du Hure, wo hast du diese Weiber her? Ich hasse dich dafür, geh zum Teufel mit deinen Zwillingen, bei mir brauchst du nie wieder auftauchen!" Entsetzen breitete sich im Kreissaal aus und der Arzt wies ihn gleich aus dem Haus, verbunden mit Besuchsverbot. Alexandra erlitt einen Schock und lag mit ihren beiden Mädchen im Einzelzimmer. Sie fand keine Erklärung für das Verhalten von Paul und schaute in die Baumkrone der alten Linde, die in voller Blüte stand. Die Tür ging leise auf und Sofie schob ihren schweren Körper langsam an Alexandras Bett. Sie betrachtete liebevoll die Neugeborenen und gab Alexandra einen großen Korb gefüllt mit Obst und Nascherei. Alexandra erzählte ihrer Schwiegermutter Pauls Reaktion auf die Nachricht, dass er Vater von zwei Töchtern geworden war. Sofie ging in sich und antwortete nicht darauf, sie konnte nicht genug bekommen vom Anblick ihrer Enkeltöchter, zumal sie sich immer sehnlichst ein Mädchen gewünscht hatte und das Schicksal es nicht zugelassen hatte, dass sie nach der Geburt von Paul noch ein Kind haben konnte. „Mutter, du bist so still, was bedrückt dich?"

„Ach weißt du, ich wollte es dir ja nicht erzählen, aber irgend jemand muss bei mir in die Wohnung einsteigen und meine Kleider stehlen. Ich habe zwar zwei große Schränke voller Kleider, weil ich ja so mit dem Gewicht zu tun habe, und mal dünn und dann wieder dick bin, habe ich fast alle Kleidergrößen in den Schränken, aber trotzdem merke ich, wann etwas fehlt. Erst dachte ich ja, dass ich schon alt und tüdelig bin, aber jetzt spitzt sich die Sache immer mehr zu. Ich kann mir das einfach nicht erklären."

„Geh' doch mal zur Polizei, die sollen das mal in die Hand nehmen!"

„Meinst du die erklären mich nicht für verrückt?"

„Vielleicht hängt das auch mit der Kinderschänderin zusammen, die den Mädchen die Haare abschneidet?" Der Hauptkommissar schaute mit seinen lustigen, kleinen Knopfaugen kritisch in Richtung Sofie, die sehr aufgeregt vom seltsamen Verschwinden ihrer Kleider erzählte.

„Haben Sie den Verdacht auf Einbruch, Frau Helm?", fragte der Kommissar in ruhigem, bestimmtem Ton. „Nein, es ist nichts aufgebrochen oder so."

„Wer hat denn einen Schlüssel für ihre Wohnung?"

„Eigentlich, außer mir, nur mein Sohn Paul."

„Könnte er mit den Kleider etwas anfangen?"

„Was soll der mit den Kleidern? Er ist gestern erst Vater von Zwillingen geworden."

„Sind es Mädchen oder Jungen?"

„Zwei Mädchen, ganz süß!"

„Hat sich ihr Paul denn gefreut?"

30

„Na es ging so, er hatte sich auf einen Jungen versteift und so war er etwas enttäuscht, aber das wird sich legen."

„Frau Helm, ich schlage ihnen vor, dass wir zwei ganz unauffällige Kameras an ihre Kleiderschränke bauen und die Sache mal eine Weile beobachten."

Alexandra las wieder in der Zeitung von der unheimlichen Frau, die diesmal einen Schritt weiter gegangen war. Sie hatte den Mädchen eine Vollglatze geschnitten, sie nackt in allen möglichen Stellungen fotografiert und sie in einen festlichen Anzug mit Krawatte gesteckt. Mit diesem Anzug mussten die Mädchen in irgendeinem Keller ein Theaterstück spielen, das von mehreren Kameras aufgenommen wurde. Alles spielte sich für die Mädchen mit verbundenen Augen ab und sie hatten alle furchtbare Angst. Als ein Wunder bezeichnete die Polizei, dass die Mädchen immer wieder körperlich unversehrt freigelassen wurden. Alexandra schauderte bei dem Gedanken, dass eines Tages ihre eigenen Mädchen in die Hände eines solchen Psychopaten fallen könnten.

Frau Helm lebte nun schon eine Woche mit den Kameras an ihren Kleiderschränken. Ein netter, junger Polizist kam täglich und tauschte die Filme aus. Sie trug ein eigentümliches Gefühl in sich und konnte es einfach nicht erklären. Das Telefon klingelte und am anderen Ende meldete sich der nette Hauptkommissar: „Hallo, Frau Helm, wir haben etwas, ihr Verdacht war richtig, kommen Sie doch bitte heute um vierzehn Uhr auf das

Revier, sie wissen ja, wo sie mich finden." Sofie hatte sich fein herausgeputzt und stolzierte ins Polizeirevier. „Ich bin bei dem Herrn Hauptkommissar angemeldet, bitteschön." Der junge Polizist gewährte ihr Einlass und der Kommissar empfing sie sehr höflich. „Na, bin ich also doch nicht verrückt, was Herr Hauptkommissar!"

„Kommen Sie bitte in den Vorführraum, da schauen wir uns mit ein paar Kollegen den Film an." Sie setzten sich und der Film begann. Die Schranktür wurde geöffnet und die Anwesenden erkannten einen dunklen Haarschopf mit lichtem Haar. Der Kopf drehte sich nach oben und schaute unbewusst direkt in die Kamera. Sofie lachte laut los: „Das ist doch bloß mein Paul!"

„Na warten Sie es mal ab, Frau Helm!" Der Film zeigte unverkennbar, dass Paul einen Koffer öffnete, in dem Schminke, Perücke, Schuhe, Kopftuch und andere Utensilien, die eindeutig einer Verkleidung dienten, zu finden waren. Paul suchte in dem großen Schrank, bis er ein schönes Kleid fand. Er zog es unter Beobachtung der Kamera an und maskierte sich als alte Frau. Frau Helm saß leichenblass auf ihrem Stuhl und stammelte vor sich hin: „Ist er der Kinderschänder?" Der Hauptkommissar bestätigte ihren Verdacht und klärte sie auf, dass eine Großfahndung nach ihrem Paul eingeleitet worden war. Er hatte schon Bilder aus dem Film ziehen lassen und den geschädigten Kindern gezeigt. Alle bestätigten eindeutig, dass es sich um die 'Frau' handelte, die die Mädchen in das Verlies gelockt hatte. Frau Helm saß und heulte leise vor sich. Die Tür wurde geöffnet und eine herbe Stimme rief: „Wir haben ihn, er hat sich gleich festnehmen lassen!"

„Sie können gern unbemerkt dem Verhör lauschen, Frau Helm", sagte der Hauptkommissar. Sie gingen gemeinsam in einen abgedunkelten Raum und sahen einen in sich zusammengefallenen Mann auf dem Stuhl sitzen. Ein Psychologe und ein Wachmann standen hinter ihm. Paul war wie immer korrekt mit einer perfekt gebügelten Hose, einem gestreiften Hemd und seinem Lieblingsjackett gekleidet. Die Schulter ließ er nach vorn fallen und der Kopf war gesenkt, so dass sich sein Blick nach unten richtete.

„Was haben Sie getan?", fragte ihn der Kommissar.

„Es ist so schrecklich, ein Mädchen sein zu müssen, Herr Kommissar, so schrecklich!"

„Warum haben sie den Mädchen die Köpfe geschoren und sie als Jungen verkleidet, dazu noch gefilmt?"

„Herr Kommissar, ich bin doch ein Mann, bitte sagen Sie mir, dass ich ein Mann bin!"

„Ja, Sie sind ein Mann, so sagt es Ihre Geburtsurkunde!"

„Meine Mutter nannte mich ständig Paulinche und ich musste immer lange Haare tragen, sie steckte mich in Mädchenkleider, bis ich in die Schule kam und ich hatte nur Puppen als Spielzeug. Ich lernte kochen und sauber machen. Schenkte mir jemand ein Auto, so warf sie es in den Müll!"

„Aber das ist noch lange kein Grund, andere Mädchen zu verunstalten!"

„Ich bin verflucht, Herr Kommissar, ich bin verflucht!"

„Warum sind sie verflucht?"

„Ich wünsche mir nichts sehnlicher als einen Sohn, damit ich mit ihm meine verlorene Kindheit nachholen kann."

„Na, ich denke, Sie haben eine reizende Frau, die ihnen Kinder schenken kann,,

„Reizende Frau! Diese Hure, die hat wieder Mädchen bekommen, diesmal gleich zwei auf einmal!"

„Aber, aber, da kann doch ihre Frau nichts dafür!"

„Was meine Frau? Ich heirate diese Mistweiber nicht, alles Mädchen gewesen!"

„Was heißt hier Mistweiber!"

„Ich habe schon sechs Mädchen von allen möglichen Weibern, sogar eine Hure aus dem Rotlichtviertel habe ich geschwängert. Die war Klasse! Mit ihrem Bauch hat die sogar noch Geld verdient!"

„Was heißt Klasse und Geld verdienen?"

„Na, ich habe die Mädchen doch alle nackt fotografiert, wenn Sie verstehen, was ich meine, die habe ich Theater spielen lassen und über das Internet verkauft, schließlich bin ich Techniker!"

„Sie werden jetzt verhaftet und in das Gefängnis überführt."

34

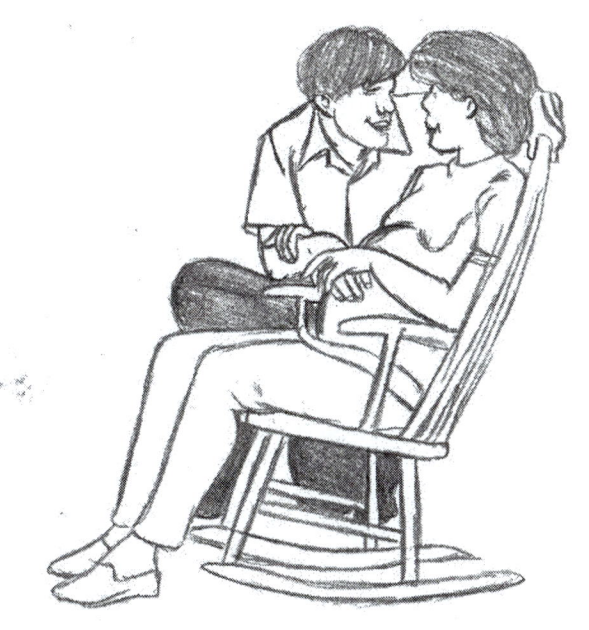

Pikachu für ihn

„Papa, ich habe meinen Pikachu vergessen, ich brauche ihn unbedingt! Bitte, Papa, fahr noch mal nach Hause, bitte, bitte, bitte!"

„Jule, ich bin spät dran und Mama muss auch pünktlich zur Arbeit, es ist ihr erster Tag!"

Die Ampel zeigte das rote Stoplicht und Peter rutschte nervös auf dem Autositz hin und her.

„Sei doch nicht so hektisch, Peter. Wir haben noch zwanzig Minuten Zeit!", stöhnte Bärbel in gereiztem Ton.

„Papa, schau mal, was ist das für ein komisch aussehender Junge mit der Fahne in der Hand."

„Das ist ein Mongoloid."

„Was ist das denn, Papa?"

„Na, das ist ein geistig zurückgebliebenes Kind, das man nicht auf die Straße stellen, sondern in einem dafür bestimmten Heim unterbringen sollte. Diese Kinder haben doch nichts vom Leben. Sie belasten nur ihre Mitmenschen."

„Aber Peter, jede Mutter liebt ihr Kind. Und ich finde das mutig, wenn sich Eltern dafür entscheiden, das Kind selbst zu betreuen. Sei glücklich, dass unser Kind gesund ist."

„Papa, warum soll der Junge denn ins Gefängnis? Er sieht so fröhlich aus, wenn er uns zuwinkt."

„Ja, wenn du ihn fröhlich findest, ist das der Kinderverstand, aber ich finde es abstoßend, so eine Kreatur auf die Straße zu stellen und mit einer Fahne auszustatten." Peter trat hektisch auf die

Bremse und Bärbel befreite Jule von ihrem Gurt. Eilig zog sie Jule hinter sich her und brachte die Kleine in den Kindergarten. Täglich fuhren Peter und Jule diese Route und Jule war jeden Morgen von dem komisch aussehenden Jungen am Straßenrand begeistert, der mit gleichbleibender Freude die kleine Papierfahne in die Luft wirbelte. An einem Morgen stand der Junge nicht am Straßenrand.

„Papa wo ist denn heute der komische Junge?", fragte Jule enttäuscht.

„Weiß ich nicht", stammelte Peter vor sich hin und in seiner Stimme lag ein besorgter Unterton. An den darauffolgenden Tagen war der komische Junge nicht an der Ampel.

„Papa halt doch mal an!", rief Jule plötzlich auf dem Weg in den Kindergarten.

„Warum soll ich denn anhalten?"

„Na, da ist ein Polizist und den kann ich ja mal fragen, wo der Junge ist."

„Nein Jule, der weiß das auch nicht"

„Aber Papa, ich will dem komischen Jungen mein Pikachu schenken und der Polizist kann ihn doch zu ihm bringen."

Peter fuhr weiter und ging nicht mehr auf des Jammern von Jule ein. Am darauffolgenden Tag stand der komische Junge wieder am Straßenrand und schwenkte seine Papierfahne mit Begeisterung in die Luft.

„Papa, Papa er ist wieder da!", schrie Jule und jubelte dem Jungen durch das Autofenster mit ihrem Pikachu zu. Die Bremsen quietschten und Peter steuerte den Wagen an den Straßenrand.

„Papa warum hälst du an?", fragte Jule erstaunt. „Jule, ich habe eine Tafel Schokolade im Auto und die werden wir jetzt dem Jungen bringen." Ich hätte nie geglaubt, dass dieser Mongoloid mir einmal Freude bringen könnte, dachte Peter und ging mit Jule an der Hand, die ihren Pikachu als Geschenk bereit hielt, gut gelaunt zu dem komischen Jungen.

Zwei weiße Schimmel

Das Fieberthermometer zeigte nun zehn Grad weniger an und ich war froh, dass die Medikamente ihre Wirkung nicht verfehlten. Bald würde ich Besserung verspüren, denn der Husten machte mir ganz schön zu schaffen. So lag ich nun auf meiner Couch und überlegte, wie ich mir die Zeit vertreiben könnte. Die Kopfschmerzen verlangten nach Ruhe, also kam der Fernseher nicht in Frage. Das Flimmern vor den Augen erlaubte keine gemütliche Lesestunde. Sollte ich vor mich hin dösen? Da kam mir der Schuhkarton in den Sinn und ich verspürte Lust, in den alten Bildern herumzustöbern. Mit weichen Knien verließ ich mein Krankenlager und suchte den Karton, den ich schnell in der hinteren Ecke des Wohnzimmerschrankes, bedeckt mit einer dicken Staubschicht, fand. Ich kuschelte mich in meine Ecke und öffnete gespannt wie ein kleines Kind den Karton. Mit Entsetzen musste ich sehen, wie sich die alten Schwarz-Weißfotos bogen und aneinander klebten. Es ärgerte mich, denn jeden Winter sprach ich davon, die alten Fotos zu sortieren und in das bereits gekaufte Album zu kleben. Die Bequemlichkeit und das Fernsehprogramm siegten aber immer. Nun was soll's, ich schaute mir die Urlaubsbilder an und stellte fest, dass ich schon als Kind viel zu dick war. Das Leuchten in den Augen der abgebildeten Personen ließ auf glückliche Zeiten schließen. Nun kam mir ein Bild in die

Hand, auf dem eine kleine, zierliche alte Frau zu erkennen war. Sie stand, von ihrem Stock gestützt, auf dem Hof des Hauses, wo ich aufwuchs. Es war ein gezwungenes Lächeln und ihre hellen Augen waren groß und leer. Wie war nur ihr Name? Die schmalen Lippen waren zusammengepresst und die tiefen Furchen in ihrem Gesicht zeigten, dass sie in ihrem Leben viel Leid ertragen musste. Das feine graue Haar war mit vielen Haarnadeln zu einem strengen Kauz zusammengesteckt, der dann unter einem Haarnetz nochmals zur Ordnung gebracht war. Ich konnte mich an diese Frau erinnern, aber nicht an ihren Namen — traurig, wie schnell wir doch vergessen. Es war ein besonderes Erlebnis, das mich tief mit dieser alten Frau verband. Wie alt war ich damals? Ich ging schon zur Schule und ich glaubte, es war die zweite Klasse. Im Unterricht bekam ich plötzlich unerträgliche, reißende Schmerzen im Ohr. Du musst dich immer zusammenreißen, so war ich erzogen worden. Niemals Schmerzen zeigen, die vergehen wieder. Immer tapfer sein und vom Jammern werden die Schmerzen auch nicht besser. Also versuchte ich schon als Kind, Schmerzen tapfer zu ertragen und kehrte in mich. Die Lehrer merkten natürlich nichts. Ich saß brav, wie immer, auf der Schulbank und setzte mein Schutzlächeln auf, das mir meine Oma schon in der frühesten Kindheit beigebracht hatte, nach dem Motto: „... immer nur lächeln und immer vergnügt ..., wie es dort drinnen aussieht, geht niemand was an ..." Eine heute fast undenkbare Erziehungsmethode.

Die Schmerzen steigerten sich und ich wusste noch genau, wie sehr ich das Ende des Schultages herbeisehnte. Die Hitze stieg in mir auf und ich ahnte schon, dass es Fieber werden würde. Mit dem schweren Ranzen auf dem Rücken ging ich, immer an der Wand lang, meinen doch ziemlich langen Schulweg. An diesem Tag war es besonders kalt, und ich traute mich kaum zu atmen. Jeden Atemzug spürte ich wie einen Messerstich in meiner Brust und es setzte starker Husten ein. Endlich hatte ich es geschafft, ich war zu Hause angekommen und hoffte nun auf Zuneigung und Hilfe. Schon im Treppenhaus hörte ich das Geschrei meiner Oma. Sie riss sofort die Tür auf und grölte mir entgegen, dass meine Mutter wieder einmal mit dem Notarztwagen in das Krankenhaus gebracht wurde und sie sofort dorthinfahren müsste. Sie hätte nur auf mich gewartet. Ich sagte ihr mit leiser Stimme, dass ich Ohrenschmerzen hätte. Da brüllte sie wieder, völlig außer sich, ich solle mich nicht so anstellen, zog gleichzeitig an meinem Ohr und schaute rein, als würde sie etwas davon verstehen. Oma rannte in die Küche und machte Rapsöl in einem Topf heiß. Bevor ich mich wehren konnte, kippte sie mir das heiße Öl in beide Ohren und ich kreischte los. Sie zerrte mich in mein Zimmer und riss mir mit lautem Schimpfen die Kleidung vom Körper. Fast ohnmächtig vom Schmerz wimmerte ich vor mich hin. Dieses Wimmern brachte sie so in Rage, dass ich einen harten Schlag im Gesicht spürte. Ich kann noch heute das Knistern hören und die kleinen Kristalle auf dem Deckbett spüren, die sich durch die eisige Kälte in meinem Zimmer bildeten. Es war wirklich einer der kältesten Winter, die ich je erlebt hatte. Mein Zimmer war so kalt, dass sich sofort Eisblumen auf den Wänden bildeten, wenn die kleine Kanone aus war. So nannte man früher die Öfen, die sofort kalt wurden, wenn man sie nicht mit Holz oder Kohle fütterte. Ich lag in meinem Bett und wurde von meinem eigenen Zähneklappern wach gehalten. Die Schmerzen in den Ohren und in der Brust waren fast unerträglich und ich konnte mich nicht gegen das leise Jammern wehren. Ich fror, obwohl mir der Schweiß auf der Stirn stand. Meine Lippen waren trocken, ja schon fast krustig und mein kleiner Körper verlangte nach Flüssigkeit. Die Beine wollten nicht gehorchen und es gelang mir nicht, das Bett zu verlassen. Immer wieder fielen mir die Augen zu und ich wimmerte vor mich hin. Plötzlich erschienen vor meinen Augen zwei schöne weiße Schimmel! Sie kamen aus dem Dunkel immer wieder auf mich zu. Auf einem der Schimmel saß eine Gestalt. Dieses Phantom, das weiß ich noch heute, war umhüllt von weißen Schleiern und hatte leuchtend rote Augen. Es war herrlich, nicht mehr allein sein zu müssen. Immer wieder wollte ich mit diesem Wesen reden, sah es die Arme nach mir ausstrecken und meinte seine Stimme zu hören. Es flüsterte mir leise zu. Ich glaubte, es wollte immer, dass ich auf den zweiten Schimmel stieg und eine lange Reise mit ihm antrat. Die Steigerung des Dialoges mit diesem weißen Gebilde auf dem Schimmel hob meine Stimme zu lautem Rufen. Eine knochige Hand berührte mich und ich erschrak, wie dünn die Hand war. Ein großer weißer Körper beugte sich über mich und ein heller Stern ging in meinen Augen auf. Mein Kopf drehte sich und ich hörte mein lautes Stöhnen, als ich etwas in meinem Ohr spürte. Es kamen weiß-rot gekleidete Männer und banden mich auf einer Trage fest — sollte so ein Ritt auf einem weißen Schimmel sein — dachte ich damals. Dann spürte ich eine Nadel in meinen Arm eindringen und fiel in ein großes schwarzes Loch. Was war geschehen? Meine Mutter musste wieder einmal in das Krankenhaus und meine Oma war völlig überfordert. Das heiße Öl, das meine Oma mir in die Ohren gekippt hatte, verbrannte meine Gehörgänge und das schon vorhandene Fieber stieg. Man erzählte mir später, dass der Notarzt einundvierzig Komma zwei Grad Körpertemperatur gemessen hatte. Dazu kam noch, dass ich keine Flüssigkeit bekam und der Körper fast ausgetrocknet war. Die weißen Schimmel, so denke ich heute, wollten mich in eine andere Welt holen, die nicht mehr auf dieser Erde war. Der immer lauter gewordene Dialog mit der Gestalt auf dem weißen Schimmel machte die Nachbarin, deren Bild ich in der Hand hielt, aufmerksam. Sie war sehr krank und verließ schon über Jahre ihre Wohnung nicht, weil sie der Treppen nicht mehr mächtig war. Sie soll mehrmals an der Wohnungstür geläutet haben. Als niemand öffnete und meine Phantasien immer lauter wurden, da soll sie über ihre Kräfte hinausgewachsen und rückwärts die Treppen hinunter gegangen sein. Im unteren Stockwerk wohnte ein Rentnerehepaar, ja es war Familie Frank, die gleich tatkräftig geholfen hatten. Herr Frank öffnete die Tür mit Werkzeug und Frau Frank fuhr mit dem Fahrrad zum Milchladen, um von dort telefonisch den Notarzt zu holen, nachdem sie mich oben im Bett fanden. Ich hatte dieser hageren Frau vielleicht mein Leben zu verdanken. Es sollte das letzte Mal gewesen sein, dass die schwache Frau die alten, ausgetretenen Treppen hinunter gegangen war. Eine Woche später kam der Leichenwagen und die Männer holten sie aus ihrer Wohnung. Ob auch sie die beiden weißen Schimmel gesehen und auf ihrem Rücken den Weg in eine andere Welt gefunden hatte? Immer noch hielt ich das Bild in meiner Hand und mir fiel noch immer der Name meiner Lebensretterin nicht ein. So kurzlebig ist unser Gedächtnis! Und so undankbar sind wir!

Spurlos verschwunden

Sonnenstrahlen erhellten das große Zimmer und fielen auf die Seiten des Büchleins, das Ursula in der Hand hielt und in das ihre Gedanken versunken waren. Die laute Orgelmusik ließ das Zimmer vibrieren. Günter stand unbemerkt an den Türrahmen der offenen Flügeltür gelehnt und betrachtete mitleidig seine junge, schöne Frau. Ihre Gesichtzüge waren ausdruckslos und immer wieder war sie in die gleiche Lektüre vertieft. Günter ging langsam auf Ursula zu und machte sich mit einem lauten Räuspern bemerkbar, damit sie sich nicht erschrecken sollte.

„Liebling, hast du schon wieder dieses Buch in der Hand und wieder diese schrecklich laute Orgelmusik", sagte Günter mit sanfter Stimme und umklammerte sie zärtlich von hinten.

„Lass mich, Günter, so kann ich alles besser ertragen. Das Buch gibt mir Kraft und die Musik betäubt meinen Geist."

„Ursel - bitte, so geht das nicht weiter. Wir können nichts daran ändern. Nur warten können wir und das geforderte Geld zahlen."

„Aber Günter, komm nicht auf die Idee, die Polizei einzuschalten!"

„Komm Ursel, lass uns einfach mal aufs Land fahren, in die Berge. Die Natur gibt uns Seelenfrieden. Es ist ein schöner, warmer Sommerabend."

Ursula und Günter fuhren stundenlang ziellos durch die wunderschöne Berglandschaft. Nachdem sie einen malerischen Sonnenuntergang in den Bergen erlebt hatten, kam die Nacht, fast überraschend, und Günter beschloss, den Heimweg anzutreten. Auf ihrem Rückweg bogen sie von der Hauptstraße ab, in eine unbekannte Nebenstraße, um den Rückweg abzukürzen.

„Günter, hörst du diese komischen Geräusche nicht, die das Auto macht?"

„Ja, schon, aber der Wagen war erst in der Werkstatt und Benzin ist auch im Tank."

„Günter, halt doch mal an, das Auto rattert so eigenartig."

„Ach was, wir wollen nach Hause, es ist schon fast Mitternacht." Plötzlich gab es einen kräftigen Ruck und das Auto blieb stehen. Alle Versuche, den Wagen wieder zu starten, blieben erfolglos und Günter konnte in der Dunkelheit nicht erkennen, wo sie sich befanden. Die Gegend war sehr dünn besiedelt und auf den letzten sieben Kilometern hatten sie nicht mehr als fünf, sechs Häuser gesehen. Verzweifelt schaute sich Ursula um, die den Tränen nahe war. „Günter, schau mal, da oben auf dem Hügel, ich glaube, da steht ein Haus!"

„Ja, ich glaube du hast Recht. Bleib hier im Auto sitzen, ich gehe mal hinauf. Die Leute scheinen auch schon zu schlafen, es ist alles dunkel." Günter stieg den Hügel hinauf und klopfte an die Haustür. Nach kurzer Zeit wurde die Tür geöffnet und vor ihm stand ein großer, dicker Mann im roten Gewand. „Entschuldigen Sie bitte die nächtliche Störung, aber könnte ich mal bei Ihnen telefonieren? Mein Auto ist liegengeblieben."

„Ja, kommen Sie rein", sagte der Dicke schroff.

„Brauchen Sie die Telefonnummer des Notdienstes?"

„Ja, das wäre sehr nett." Während der Dicke die Telefonnummer suchte, schaute Günter, der in der großen Diele wartete, durch den Spalt der offenen Wohnzimmertür. Es fiel ihm sofort die große Menge brennender roter Kerzen auf, die überall in dem riesigen, mit roter Tapete, roten Vorhängen und reichlich roten Blumen geschmücktem Zimmer verteilt waren. Die Atmosphäre dieses Hauses war unheimlich und Günter stellte sich neben das Telefon. Der Dicke kehrte mit einem Zettel zurück, den er Günter gab. Günter wollte die Nummer des Notdienstes wählen, als er hinter dem Telefon ein kleines Plüschpferdchen, dem ein halbes Ohr und ein Knopfauge fehlten, entdeckte. Ihn durchfuhr ein Zucken und er rang nach Fassung. Er wählte eine ihm geläufige Telefonnummer und es ertönte sofort ein Freizeichen am anderen Ende.

„Kommissar Heuer", meldete sich eine tiefe Stimme.

„Guten Abend, hier ist Günter Weiding, mein Auto ist liegengeblieben und sie müssen sofort in diese verlassenen Gegend kommen, bitte sofort", sagte Günter mit vibrierender Stimme.

„Aber Herr Weiding, hier ist nicht die Autowerkstatt."

„Ja, ich weiß, ich bin schon richtig bei Ihnen. Sie wissen, worum es geht, bitte kommen Sie ganz schnell!"

„Wo sind Sie?"

„Kleinen Moment. Bitte, Herr ..., wo bin ich hier?"

„Auf dem Iserberg bei Rolfsburg", sagte der Dicke. „Hören Sie, auf dem Iserberg bei Rolfsburg." Unauffällig nahm Günter das Pferdchen und steckte es in seine Jackentasche. Er gab dem Dicken ein Fünfmarkstück für das Telefonat und stürzte aus dem Haus. Ursula hörte seine Schritte im Dunkeln näher kommen. Er stieg in den Wagen und knallte die Tür zu. Im schwachen Licht des Armaturenbrettes konnte Ursula erkennen, dass er blass war und dass seine Hände zitterten.

„Was ist passiert?", fragte sie ihn aufgeregt. Er schwieg, saß einfach mit blutleeren Lippen da und schüttelte den Kopf. Günter holte schweigend das Stoffpferdchen aus seiner Jackentasche und gab es Ursula.

"Wo hast du das gefunden?", fragte sie ihn aufgeregt.

„Dort im Haus, ein dicker Mann - Kerzen - rote Tapeten – Blumen und das Pferdchen - erkennst du es?"

„Ja, es ist Tinas Pferdchen."

„Ich habe statt der Werkstatt den Kommissar angerufen."

„Was hast du?! Bist du denn verrückt geworden? Die bringen meine Tina um, wenn die erfahren, dass du die Polizei eingeschaltet hast!"

„Aber die Erpresser, das viele Geld, das wir schon gezahlt haben und noch immer haben die unsere Tina nicht frei gelassen!"

„Jetzt werden sie Tina töten", sagte Ursula mit gedämpfter Stimme. Günter hörte, wie ein Wagen langsam mit abgeblendetem Licht auf sie zu rollte. Er erkannte die Silhouetten von Kommissar

Heuer. Günter sprang aus dem Auto auf den Kommissar zu und erzählte ihm von seinem Verdacht. Der Kommissar forderte sofort das Sonderkommando an, welches das Haus umstellte und die Gegend abriegelte. Ursula saß leichenblass im Auto und verfolgte das Geschehen. Sie hielt ihr Büchlein fest umklammert in den Händen. Der Kommissar ging in Begleitung von zwei Kollegen zum Haus und klopfte mehrmals an die Haustür. Nachdem die Tür nicht geöffnet wurde, stürmte das Sonderkommando das Haus. Der Verdacht hatte sich bestätigt und nach kurzer Zeit führte ein vermummter Polizist den Dicken in Handschellen aus dem Haus. Nach etwa fünf Minuten kamen weitere zehn rot gekleidete Erwachsene und ein kleines Mädchen im langen roten Spitzenkleid und langem Schleier auf dem Kopf aus dem Gebäude. Günter nahm seine kleine Tochter auf den Arm und suchte seine Ursula, die das Auto verlassen hatte. Er fand sie kniend vor dem Dicken, ihre Hände, die noch immer das Büchlein fest umklammerten, zu dem Dicken gestreckt. Hysterisch und völlig von Sinnen schrie sie den Dicken an: „Mein Herr, mein oberster Priester, ich habe deine Botschaft hier in diesem Büchlein immer wieder gelesen. Ich habe dir unser ganzes Geld gegeben und meine Tochter, um so die Welt vor der großen roten Feuerglut zu beschützen! Verzeih mir, mein Herr - verzeih mir, ich konnte das hier nicht verhindern!"

Sperrgebiet

Der kleine Mülleimer im Zugabteil ist wieder voll und so legt Heinz die Abfälle seines Frühstücks in die Tasche. „Daran ändert sich wohl nie etwas", denkt Heinz und schaut auf die Uhr. Täglich fährt er diese 45-Minuten-Strecke zur Arbeit und das schon seit acht Jahren. Der Zug fährt seinen gewohnten Rhythmus und Heinz greift wie immer zur Tageszeitung. Plötzlich verlangsamt der Zug sein Tempo und bleibt stehen. Heinz schaut aus dem Fenster und erblickt sie. „Alter, reiß dich zusammen!", sagt Heinz zu sich selbst. Es gelingt ihm nicht, denn alle Vorsätze werden von diesem Gefühl besiegt. Seine Hände werden feucht und das Herz schlägt schneller. „Alter, du spinnst – nach all den Jahren!" Die Erinnerung kommt wieder. „Es gibt Erlebnisse, die einfach nicht geschehen dürfen!", denkt Heinz. Er schaut seine Retterin genau an und stellt fest, dass sie gewachsen und noch viel breiter als vor zwölf Jahren ist. „Warum gibt es Erlebnisse – schöne Dinge – die ich vergesse? Warum bleiben immer die Dinge im Gedächtnis haften, an die sich niemand gern erinnert?", fragt sich Heinz.

Damals, als der Brief aus Hamburg kam und die Cousine Ilse ihren Besuch ankündigte, war die ganze Familie in Aufregung. „Jetzt haben wir auch Besuch aus dem Westen", sagte Gerda begeistert. Heinz musste alle Beziehungen spielen lassen, um gute Tapeten und Farben zu besorgen.

„Die soll Augen machen, wie schön wir es bei uns haben", freute sich Gerda damals. Im Garten blühten die Krokusse und das Osterfest stand bevor, als sich Gerda noch für neue Gardinen entschied.

„Willst Du auch noch neue Möbel haben?", fragte Heinz ironisch nach vollbrachter Renovierung. Das Sparbuch wurde rücksichtslos geplündert.

Der Zugführer geht durch den Wagen und Heinz hört, wie er im Nachbarabteil erzählt, dass eine Schafherde auf den Schienen steht. Der Zeitpunkt, wann der Zug weiterfahren kann, ist ungeklärt. Heinz lächelt über die Schafe und überlegt, wer das schöne Weideland damals genutzt hat. Ja, damals — was diese eine Person für eine Unruhe in die Familie gebracht hatte. In der kleinen Neubauwohnung haben sie dieser Frau das ganze Schlafzimmer zur Nutzung überlassen. Gerda und Heinz legten sich auf die Couch — Liegefläche 120 x 190 cm — nächtliche Ruhe ausgeschlossen. Dann das Benehmen dieser Cousine Ilse! Für die Hygiene ihres Körpers, den die Kleidergröße 60 bedeckte, kaufte sie sich eigens eine schneeweiße Waschschüssel. Gerda war entsetzt und ihr war zuvor nicht bewusst, wie viele Bakterien in ihrer kürzlich renovierten Wohnung lebten. Alles richtete sich nach dem Kommando Ilse. Die Kinder wurden in ihrer Vorfreude über die erhofften Matchboxautos gedämpft. Die von Ilse mitgebrachten „Geschenke" wie Schokolade, Kaffee, Puddingpulver und Maggisuppen wurden auch für sie gebraucht, denn die damaligen Ostprodukte waren für Ilse nicht genießbar. Für die Kinder brachte sie jeweils eine Tüte Nimm-Zwei-Bon-

bon mit, der Vitamine wegen. Die Bananen, auf die Gerda so gehofft hatte, verbrauchte Ilse als Wegzehrung und so konnte Gerda nur noch die Schalen für den Garten kompostieren. Jeden Tag musste diese Person ausgeführt werden und obwohl das eigentlich die Haushaltskasse sprengte und die „eisernen Reserven" daran glauben mussten, traute sich niemand, etwas zu sagen. Das von Ilse zwangsweise umgetauschte Geld gab sie im Haushaltswarenladen für Jenaer-Glas-Geschirr aus — natürlich für den eigenen Gebrauch. Gerda war sehr ernüchtert und alle sehnten sich nach der gewohnten Familienharmonie.

„Warum ordnen wir uns so bedingungslos unter?", fragte Heinz wütend und Gerda bettelte um Ruhe. Endlich war er da — der Tag der Abreise! Fünf Tage mit diesem schrecklichen Besuch sollten enden. Da stand nun endlich der ersehnte Zug auf Bahnsteig 12, umringt von Transportpolizisten und zivilen Staatssicherheitsmitarbeitern. Ilse hob ihren schweren Körper die hohen Stufen des Zuges hinauf. Heinz stand da und wollte ihr den Koffer geben, aber wie eine Gräfin suchte Ilse nach einem Platz — ihrem reservierten Fensterplatz. Heinz stand am Zug mit dem schweren Koffer in der einen Hand und Pakete in der anderen. Aus Höflichkeit trug er das Gepäck in ihr Abteil. Er verabschiedete sich heuchlerisch mit einer Umarmung und bemerkte dabei nicht, dass sich der Zug schon in Bewegung gesetzt hatte. Heinz ging zur Wagentür, wollte aussteigen und dachte: „Was soll ich tun?" Die Türen des Zuges waren verschlossen! Ein Griff in seine Hosentasche verriet, dass er außer der Schachtel Zigaretten nichts dabei hatte. Die Papiere und die Brieftasche mit dem Geld befanden sich in der Jeans zu Hause. Es musste ja wieder eine gute Hose für den Abschied sein! Heinz überkam eine furchtbare Angst. In seinem Kopf war es nicht möglich, die Gedanken richtig zu ordnen. Er dachte an Dinge wie Republikflucht — Gefängnis — Verhöre — Staatssicherheit — Handschellen. Panik machte sich breit und der Angstschweiß perlte auf seiner Stirn! „Wer wird dir glauben, dass du nur höflich sein wolltest?", dachte er. Heinz schaute aus dem Zugfenster und konnte ein Schild von einem Kleinbahnhof erkennen. „Bin ich schon im Grenzgebiet?", fragte sich Heinz. Der Schweiß lief ihm über das Gesicht und er versuchte, klar zu denken. Er schaute auf die Uhr und stellte fest, dass der Zug schon dreißig Minuten fuhr und war überzeugt, im Sperrgebiet zu sein. Seine Gedanken waren bei Gerda und den Kindern, die er innerlich für die nächsten Jahre verabschiedet hatte, als der Zug hielt. „Jetzt schon Passkontrolle?", dachte Heinz. Sein zitternder Körper machte sich an der Wagentür zu schaffen, die sich nach kurzer Zeit auch öffnen ließ. Panisch sprang er aus dem Zug und da stand sie vor ihm — seine Retterin! Bis zum Einbruch der Dunkelheit, der Zug war zu seiner Erleichterung schon weitergefahren, kauerte er sich in seinem Versteck. Wie lange er damals gelaufen war, weiß er bis heute nicht, die Uhr war in der Dunkelheit nicht zu erkennen. Die Angst und das Bestreben, ohne entdeckt zu werden schnell aus der verbotenen Zone zu kommen, waren zu groß, um ein

Zeitgefühl zu haben. Während er an den Schienen entlang in Richtung Heimat lief, dachte er darüber nach, ob es sich gelohnt hätte, für diesen Besuch auch noch hinter Gitter zu gehen. „Warum so ein Aufwand für eine Person aus dem Westen?", fragte er sich im Nachhinein. Letztendlich blieb die Arroganz, etwas Besseres zu sein, bestehen. Heinz erblickte den erleuchteten Kirchturm seiner Heimatstadt und die innere Spannung ließ nach. Er war wütend über das eigene Verhalten. Erschöpft klingelte er an der Wohnungstür und Gerda fiel ihm in die Arme. Der Zug setzt sich mit einem Ruck und zwanzig Minuten Verspätung in Bewegung. Heinz schaut sich noch einmal um und betrachtet nun lächelnd seine Retterin — die Feldeiche. „Kaum zu glauben, denkt Heinz, „noch vor ein paar Jahren hättest du die Sonne durch die Gefängnisgitter gesehen — Delikt Höflichkeit. Heute fährst du täglich diese Strecke zur Arbeit."

Die Wette

Die schwere Eichentür flog laut ins Schloss und mit grimmiger Miene betrat Leon das Büro. Seine schwarzen, halblangen Haare wedelten um sein rundliches Gesicht, die Augenbrauen waren in der gekräuselten Stirn ziemlich hoch gezogen und die Mundwinkel hingen unter seinem Vollbart herunter. Er warf die Aktentasche in die Ecke und brummelte vor sich hin, als er die Kaffeemaschine bediente. „Hi, Leon, wie geht's denn so?", stolzierte Victor in das Büro. „Frag' mich mal was Besseres, wenn ich die vielen Bewerbungen dort in den beiden großen Kisten sehe, könnte ich gleich wieder nach Hause gehen."

„Leon, take it easy! Wir werden bestimmt eine Menge Spaß an den Bildern und den Bewerbungstexten haben. Da können wir gleich wieder herauslesen, wo die ihre Zeit auf Kosten des Staates verbracht haben, denn die Texte kannst du diesen beauftragten „Bildungsinstituten" gut zuordnen."

„Du immer mit deiner positiven Einstellung, aber hast schon recht, es kann auch ganz lustig werden." Victor holte die Kaffeepötte und den schwarzen Aschenbecher, setzte sich an den großen runden Tisch und packte seine Frühstücksbrote aus.

"Na, Leon, willst du auch eine Stulle, hat meine Mutter wieder klasse gemacht."

„Da fragst du noch, deine Mutter ist doch die Perle überhaupt, kann keine Frau mithalten, aber wir sind ja beide schwul, weiß nur keiner!" Sie setzten sich beide und holten die ersten zehn Bewerbungsmappen aus der Kiste.

„Worauf müssen wir eigentlich am meisten achten Leon?"

„Na auf die Schönheit, dann auf den Abschluss, mindestens Fachschule, und auf das Alter, bloß keine kleinen Kinder. Und Berufserfahrung sollte die auch noch haben!"

„Also schauen wir erst einmal die Bilder, das Geburtsjahr und die Familienverhältnisse an. Der Ausschuss kommt nach rechts in den Papierkorb und die brauchbaren Unterlagen legen wir links ab, o.k.?"

Beide saßen am Tisch, in der linken Hand das Brot und mit der rechten Hand wühlten sie die Unterlagen nach Schönheiten durch, die für die Stelle als Assistentin geeignet sein könnten. Schon nach kurzer Zeit kam eine heitere Stimmung auf, die teils in lautes Gelächter ausartete. Die Kiste „Papierkorb" wurde immer voller und der Stapel mit brauchbaren Bewerbungen existierte nach drei Stunden noch nicht.

„Du, Leon, ich glaube unser Auswahlverfahren ist nicht so günstig, da wir nach vier Stunden noch keine einzige brauchbare Bewerbung haben."

„Hast Recht, aber mir kommt da so eine Idee! Wir könnten doch mal schauen, wie viele Ossidamen sich beworben haben!"

„Glaubst du, die sind für uns brauchbar? Außerdem müsste die mindestens vierzig km zur Arbeit fahren, aber schauen könnten wir mal. Was willst du denn ausgerechnet mit so einer aus dem Osten, die haben doch nichts gelernt. Und dann haben die noch so einen Emanzentrieb. Können die sich überhaupt unterordnen?"

„Das ist ja meine Idee! Lass uns mal schauen, ob da eine dabei ist, die immer in gehobener Stellung gearbeitet hatte und jetzt selbst Arbeit sucht, gute Abschlüsse hat, egal wie die aussieht. Ich wette mit dir, dass wir die niedermachen können. Das ist doch mal ganz lustig, oder?!"

„Ist das nicht ein bisschen pervers?"

„Das merkt doch keiner in unserem kleinen Geschäft, wir arbeiten mit dem großen Konzern zusammen und ich weiß, dass die Olle in der Personalabteilung keine Ossis leiden kann, die sagt immer, dass man die schon von weitem riecht."

„O.k., es kann ja recht lustig werden. Aber die Auswertungen der Tests für die Personalabteilung müssen in Ordnung sein, sonst sind wir den Auftrag los und wir können uns auch einreihen in die Kiste der Bewerbungen bei einer anderen Firma."

Nach einer Stunde waren die fünf Akten mit Bewerbungen aus den neuen Bundesländern herausgesucht. Victor stellte fest, dass alle fünf sogar ganz manierlich aussahen und nun entschieden sie nach den Zeugnissen und der Qualifikation. Schnell war entschieden, hier war eine Susanne Hehrer, kaufmännischer Fachschulabschluss, einundvierzig Jahre alt, zu DDR-Zeiten in gehobener leitender Stellung und nach der Wende selbständig mit einer Boutique. Victor griff zum Telefon und rief die Dame an, vereinbarte einen Vorstellungstermin und war begeistert von ihrer sympathischen Stimme.

"He, Victor, denk daran, dass wir die fertig machen wollen!"

„Leon, wollen wir ihr nicht eine faire Chance geben?"

„Also, du bist zu anständig für diese Welt! Pass auf, wir schließen eine Wette ab – wenn die nicht innerhalb der nächsten zwei Monate von alleine kündigt, weil ich die fertig machen werde, dann lade ich dich zu einem Wellnesswochende ein, o.k.?"

„Na das ist wirklich ein Angebot, wir beide mal ein Wochenende total entspannen."

Pünktlich um zehn Uhr klingelte es an der Bürotür von Leon und Victor. Victor sprang sofort auf und öffnete neugierig die Tür.

„Guten Morgen, mein Name ist Susanne Hehrer, ich habe einen Vorstellungstermin."

„Bitte kommen Sie in das Büro und setzen sich an den großen runden Tisch." Leon beobachtete sie durch den Türspalt und war doch ganz angetan von der Erscheinung, aber er hatte sich ein Ziel gesetzt, er wollte sie in den nächsten zwei Monaten fertigmachen. Alle drei saßen nun am runden Tisch und Susanne erzählte eifrig von ihren Abschlüssen, ihrem Lebenslauf und ihren praktischen Erfahrungen, dass sie strapazierfähig sei und bereit, die einhundertfünf Kilometer täglich zur Arbeit zu fahren. Das Gehalt wurde sehr niedrig angesetzt und der Urlaub auf gesetzlich vorgesehenes Minimum, zur Zufriedenheit von Victor und Leon. Am nächsten Tag sollte sie gleich mit der Arbeit beginnen. Nachdem alles ausgehandelt war, saßen die beiden frisch gegründeten Unternehmer am Tisch, schauten sich an, und brachen in lautes Gelächter aus. Susanne schob mit noch zitternden Händen den Schlüssel in das Schloss der Autotür ihres kleinen VW Polo. Sie konnte es kaum fassen, dass sie nun endlich eine Festanstellung bekommen sollte, nach all den schrecklichen Jahren, die sie überstanden hatte. Sie stieg in das Auto und ließ das Gespräch Revue passieren. Es ist ihr aufgefallen, dass die beiden Herren übertrieben freundlich waren, dass kannte sie nicht und eigentlich mochte sie diese Umgangsform nicht besonders. Dann gleich das Angebot mit dem „Du", da hatte sie auch so ihre Probleme, denn in ihrem Berufsleben hatte sie sich immer sehr schwer getan, jedermann das „Du" anzubieten, das bedurfte immer einer gewissen Prüfungsphase. Das Gehalt mit Brutto 1500,- _ fand sie nicht schlecht, denn für sie war es eine Verbesserung, da sie nun schon von Sozialhilfe leben musste. Die Aufbauphase der neu begründeten Firma gefiel ihr sehr gut, denn sie war schon immer gern kreativ tätig und baute sehr gern etwas dem Nichts auf, wobei sie den Eindruck hatte, dass die beiden Geschäftsführer zwar ein Konzept bei der Ausschreibung der Maßnahme vorgelegt hatten, aber mit der praktischen Umsetzung so ihre Probleme hatten. Sie hatten bestimmt nicht damit gerechnet, die Ausschreibung zu gewinnen. Susanne fuhr ihre lange Strecke und ihr rollten die Glückstränen über die Wangen, wobei die schwarze Wimperntusche ihre Spuren hinterließ. Susanne betrat pünktlich um sieben Uhr dreißig das Büro, nahm die Kaffeemaschine in Betrieb und machte den großen Abwasch. Sie räumte auf und deckte den Tisch mit einem

Begrüßungsfrühstück, sozusagen als Einstand am ersten Arbeitstag.

Leons morgendliche schlechte Laune verging mit dem Kaffeeduft, der ihm beim Öffnen der Eingangstür schon entgegen strömte. Victor hatte sogar einen Blumestrauß für Susanne mitgebracht und die Stimmung an Susannes ersten Arbeitstag war sehr offen und freundschaftlich. Susanne wurde von Victor in das Computerprogramm eingewiesen und richtete ihren Arbeitsplatz mit persönlichen Dingen, wie Blumen, Bilder, Dekoration geschmackvoll ein. Am Nachmittag um siebzehn Uhr saßen alle drei zusammen und besprachen, wie sie das Konzept in die Praxis umsetzen konnten. Die besten Vorschläge kamen von Susanne und sie nahm die Niederschrift des Konzeptes mit nach Hause. Gegen zwanzig Uhr verließen alle drei das Büro, nur für Susanne war noch lange nicht Feierabend, sie hatte noch eine Autostunde Heimfahrt und mindestens vier Stunden Aktendurchsicht vor sich. Am nächsten Morgen sollte sie noch allerhand Material eingekauft und die Büroeinrichtung organisiert haben. Eigentlich sollte der Mensch zwischen zwei Arbeitstagen gut geschlafen haben, das schien hier wohl nicht so wichtig für die Angestellte zu sein. Aber Susanne hatte sich vorgenommen, ihr Bestes zu geben, und die Firma mit aufzubauen, dann hatte sie eine Chance auf einen bleibenden Arbeitsplatz, dachte sie. Die Woche verging rasend schnell und Susanne engagierte sich voll für diese Arbeit. Am Montag sollten die Berichte für die Dame, Frau Nappus, in der Personalabteilung vorliegen. Das bedurfte aber noch einer Datenauswertung über

108 Personen, die alle handgeschrieben verbessert auf dem Schreibtisch von Susanne lagen. Also wusste sie, dass sie das ganze Wochenende hier im Büro verbringen würde, damit die Arbeit pünktlich abgeliefert werden konnte. Ihr kleiner Oliver kam wieder zur Oma, was er nun schon die ganze Woche über erlebte, und Susanne saß ganz allein im Büro und arbeitete bis in die Nacht. Sie schlief sogar Samstag Nacht im Büro ein paar Stunden, damit sie den weiten Heimweg sparen konnte. Glücklich über die vollbrachte Arbeit kam sie am Sonntagabend um dreiundzwanzig Uhr nach Hause und fiel totmüde in ihr Bett. Sie war so erschöpft, dass sie ihren Wecker nicht hörte und die Zeit verschlief. Erschrocken sprang sie um sieben Uhr aus ihrem Bett, wusch sich oberflächlich, knotete die Haare zusammen und schlüpfte in ihr Kostüm, ohne zu bemerken, dass hinten auf dem Rock ein weißer Fleck war. Sie raste mit dem Auto über die Landstraße und kam nun um acht Uhr dreißig im Büro an. Mit grimmiger Miene empfingen sie die beiden Herren und sie entschuldigte sich mehrmals mit der Begründung, dass sie am Wochenende hier gearbeitet hätte.

„Der Abgabetermin für die Unterlagen bei Frau Nappus war um acht Uhr, pünktlich! Der Konzern ist unser Auftraggeber und Frau Nappus unsere Ansprechpartnerin, das muss funktionieren, egal wann sie die Daten erarbeitet haben, das interessiert hier niemanden. Sie haben pünktlich zu erscheinen. Und übrigens, wie sehen sie heute aus, haben sie das ganze Wochenende durch gefeiert?", schrie Leon sie an.

„Bitte Susanne, machen Sie sich etwas zurecht und dann gehen wir beide zu Frau Nappus, das wird ihre Ansprechpartnerin, o.k.!", sagte Victor ruhig zu ihr. Susanne musste um Fassung ringen und war froh, als sie die Toilette aufsuchen durfte. Sie betrachtete sich im Spiegel und trug sehr viel Make up auf ihre dunklen Augenringe. Dann fuhr sie mit Victor schweigend zu Frau Nappus. Die Flure in diesem Konzern waren nur mit künstlichem Licht beleuchtet und Susanne überkam ein bedrückendes Gefühl in diesem Haus. Als sie an der Tür der Personalchefin, Frau Nappus, klopften, kam ein unfreundliches „Herein". Sie betraten das Zimmer und Frau Nappus bat mit grimmiger Miene Platz zu nehmen.

„Sie sind Frau Hehrer?" Susanne nickte nur, denn der stechende Blick dieser Frau bereitete ihr Unbehagen. „Was haben Sie vorher gemacht und wo kommen Sie her?", wollte Frau Nappus von Susanne wissen, und sie gab kurz Antwort auf diese Frage. „Aus dem Osten kommen Sie und fahren jeden Tag zwei Stunden mit dem Auto? Gibt es bei Ihnen keine angemessene Arbeitsstelle?" Susanne blieb die Antwort erspart, weil Victor sofort einlenkte. Sie gingen die Unterlagen inhaltlich kurz durch und verabschiedeten sich. Leon brütete über einem Personalbogen und fand noch keinen Anhaltspunkt für diese Bewertung. Seine Laune verschlechterte sich, denn irgendetwas austüfteln, ohne Victor an seiner Seite zu haben, das war wirklich nicht seine Stärke. Das Telefon meldete sich und Leon war froh, dass er auf andere Gedanken gebracht werden sollte. Er hatte sich kaum namentlich gemeldet, da vernahm er die schrille

Stimme von Frau Nappus: „Also Herr Krause, Sie haben doch die Absicht längerfristig mit uns zusammenzuarbeiten, da suchen Sie sich bitte gepflegtes Personal aus, das auch freundliche Antworten auf meine Fragen gibt. Diese Frau Hehrer, ich fasse es nicht, kommt aus dem Osten, hat ungepflegte Haare, einen weißen Fleck auf ihrem Kostüm und ich musste mein Büro für eine halbe Stunde verlassen, weil ich erst einmal lüften musste, die stinken ja noch schlimmer, als ich es vermutet hatte, nach so billigem Parfüm. Und die Pünktlichkeit mit der Abgabe der Unterlagen setze ich in Zukunft voraus, sonst müssen wir uns nach einem anderen Unternehmen umschauen, haben Sie das verstanden, Herr Krause?!"

„Aber, sehr geehrte, liebe Frau Nappus, beruhigen Sie sich bitte. Frau Hehrer hat wirklich exzellente Zeugnisse und mit dem Parfüm, da werde ich eine Lösung finden. Was benutzen Sie am liebsten, das werde ich Frau Hehrer schenken, egal, was es kostet, werte Frau Nappus. Wir streben eine gute Zusammenarbeit mit ihnen an und dafür sind wir bereit, unser Bestes zu geben, koste es was es wolle, verehrte Frau Nappus", schleimte sich Leon ein.

„Gut, ich hoffe wir haben uns verstanden."

Leon hatte Schweißperlen auf seiner Stirn, als er den Hörer auflegte. Er ging zum Schrank und holte sich einen Cognac, setzte sich an seinen Schreibtisch und lauerte auf die Rückkehr von Victor und Susanne. Nach zehn Minuten ging die Tür auf und die beiden standen strahlend vor Leon, der sich mit dem zweiten Cognac so richtig in Fahrt gebracht hatte. Er sprang auf und schrie los: „Susanne, dreh dich mal um!" Susanne war orientierungslos und drehte sich wie eine Puppe im Kreis. „Hat die Nappus recht! Wie du aussiehst und wonach riechst du bloß? Was für ein Parfüm benutzt du eigentlich?"

„Ich habe mehrere Sorten zu Hause, ich glaube heute war es Chanel Nr. 5.", stammelte Susanne völlig erschrocken vor sich hin. Victor konnte dieses Theater nicht nachvollziehen, wollte sich aber nicht weiter einmischen, da sein Schreibtisch vollgepackt war mit Arbeit, die Leon wieder nicht allein geschafft hatte.

„Morgen früh kommst du mit sauberer Kleidung, gepflegten Haaren und du legst das Parfüm auf, das hier auf dem Zettel steht!", schrie Leon weiter.

„Aber, das ist unheimlich teuer."

„Das interessiert hier niemanden Susanne, du machst das, was ich dir als dein Geldgeber sage, ist das klar!" Susanne schlich an ihren Schreibtisch und kämpfte mit den Tränen. Nach einer Stunde schrie Leon wieder los: „Was soll das hier sein, Susanne, das kann ich niemals so bei der Nappus abliefern, die steinigt mich!"

„Aber Leon, ich schreibe doch nur ab, was du mir gibst, ich erarbeite diese Unterlagen nicht!"

„Hast du denn keinen Kopf zum Denken? Wenn du das abschreibst und dir kommt da irgend etwas nicht ganz in Ordnung vor, dann sagst du mir das gefälligst in Zukunft, o.k.!" Susanne atmete tief durch und machte ihre Arbeit weiter.

„Was ist das hier!", tobte Leon nach zehn Minuten wieder los, „der Kaffee ist alle und es ist keine saubere Tasse da! Susanne, das ist deine Aufgabe!" Susanne stand auf und kochte Kaffee, stellte den beiden Herren jeweils eine saubere Tasse hin und ging wieder an ihren Computer. Sie war völlig zerrissen, denn eine solche Erniedrigung hatte sie in ihrem ganzen Leben noch nicht erfahren. Um neunzehn Uhr verabschiedete sie sich, denn sie musste noch in die Parfümerie fahren und das vorgeschriebene Parfüm kaufen. Die dritte Arbeitswoche war für Susanne schrecklich, denn Leon hatte sich den schreienden Ton Susanne gegenüber angewöhnt und sie wurde das Gefühl nicht los, dass er sogar Freude daran hatte, ständig an ihr und ihrer Arbeit herumzumeckern. Sie wunderte sich nur, dass Victor sich nicht einmischte. Am Donnerstag Abend erteilte Leon ihr den Auftrag, für ein gemeinsames Frühstück einzukaufen und am Freitag gegen neun Uhr den Tisch gedeckt zu haben. Sie kaufte am Morgen die notwendigen Dinge ein und war um acht Uhr fünfzehn im Büro. Das Telefon klingelte und Frau Nappus schrie sofort los: „Also, Frau Hehrer, so geht das nicht! Sie sollten heute früh um sieben Uhr dreißig in meinem Büro sein und von einer Kollegin eingearbeitet werden, warum sind sie hier nicht erschienen?!"

„Bitte entschuldigen Sie, Frau Nappus, aber ich habe von diesem Termin nichts gewusst. Und worin soll ich eingearbeitet werden?"

„Sie müssen den Termin erhalten haben, ich selbst habe ihn gestern Mittag per Mail an Sie geschickt. Und Sie bearbeiten doch die Mails persönlich, oder?!"

„Ja schon, aber gestern hatte sich Herr Krause vorbehalten, die Mails persönlich abzurufen. Aber — was soll ich denn bei Ihnen machen?"

„Das wissen Sie nicht? Hat Herr Krause Sie nicht aufgeklärt? Sie sollen in Zukunft die Datensätze in unser Computersystem eingeben!"

„Was, ich soll bei Ihnen die Daten eingeben, aber ich habe hier meine Arbeit, damit bin ich ausgelastet und ich möchte die Datensätze bei Ihnen nicht eingeben."

„Was, Sie verweigern Arbeit! Ihre Arbeit wird in Zukunft eine andere Mitarbeiterin machen, das steht schon fest. Sie kommen sofort hier her und machen, was ich Ihnen sage!"

„Nein, Sie sind mir nicht weisungsbefugt, ich habe meinen Arbeitsvertrag nicht mit ihrem Konzern geschlossen."

„Das ist ein Dienstorderbefehl, den Sie sofort auszuführen haben!"

„Sie haben mir keine Dienstorderbefehle zu geben", sagte Susanne selbstbewusst in ruhigem Ton. Frau Nappus beendete das Gespräch, indem sie den Hörer auflegte und Susanne überkam Übelkeit. In ihrem Kopf kreisten Gedanken, wie, ... die verschaukeln mich hier nur ..., ... ich bin doch keine Strohpuppe, ich bin immer noch ein Mensch ..., ... ich lasse mich nicht von jedem anschreien und herumschubsen ..., ... aber kündigen werde ich nicht von alleine, da warten die nur drauf, dass die mir noch die Stütze sperren ... Das freundliche „Guten Morgen" von Victor riss sie aus ihren Gedanken und Victor merkte gleich, dass Susanne kreidebleich aussah und ihre Augen verrieten ihre innere Wut. Er wusste von der Intrige und wollte nicht weiter darauf eingehen. Gleich darauf kam Leon und sah mit grinsender Miene Susanne an.

„Guten Morgen, toller Frühstückstisch, du bist heute so blass Susanne, war irgendetwas?"

„Frau Nappus hat angerufen, ich soll in den Konzern kommen und dort als Tippse in einer „Abstellkammer" tätig werden. Meine Arbeit hier soll eine andere übernehmen, die wohl schon fest eingestellt sein soll. Und für die Zukunft will ich noch sagen, ich mache sehr viel und arbeite Tag und Nacht, aber niemand hat das Recht mich anzuschreien und mir Dienstorderbefehle zu geben, ich bin allergisch gegen dieses Geschrei!"

„He, was soll das denn heißen? Wir haben ein Problem mit dir, Susanne. Diese Frau Nappus ist unser Geldgeber und wir sind dein Geldgeber, du hast treu und brav zu machen, was wir dir sagen. Und wenn mit Frau Nappus Vereinbarungen getroffen sind, dann hast du ihren Anweisungen Folge zu leisten, ist das klar!", keifte Leon sie an, „Und wenn dir das nicht passt, dann kannst du ja gehen, es warten noch viele andere auf deinen Job und würden sich freuen in einer „Abstellkammer" sitzen zu dürfen."

„Du weißt ganz genau Leon, in welcher Situation in mich befinde, und dass ich mir eine Kündigung nicht leisten kann!", hielt Susanne mit fester Stimme gegen. Sie nahm ihre Tasche und wollte zu Frau Nappus fahren, als das Telefon klingelte.

„Herr Krause, hier Nappus, grundsätzlich lehne ich die Zusammenarbeit mit dieser Hehrer ab, egal was Sie machen, ich schicke Ihnen heute eine vom Arbeitsamt ausgesuchte, fähige Mitarbeiterin, die in Zukunft die Arbeit für die Hehrer bei uns machen wird. Dieses Weib kommt mir hier nicht über die Schwelle." Leon konnte nicht mehr antworten, weil der Hörer schon aufgelegt war.

"So, Susanne, da hast du die Quittung, die Nappus lehnt die Zusammenarbeit mit dir grundsätzlich ab und wir haben das Problem, dass wir dich nicht mehr brauchen, da wir keine zwei Assistentinnen beschäftigen können."

Susanne sackte in sich zusammen und fiel ohnmächtig zu Boden. Victor verständigte einen Arzt und Susanne wurde erst einmal in die Klinik eingeliefert. Sie lag in ihrem Krankenbett und konnte nichts gegen die ständig wiederkehrenden Weinkrämpfe tun. Auch die Beruhigungsmittel zeigten keine Wirkung und die Psychologin kam nicht an Susanne heran. Der Arzt entschied, dass Susanne suizidgefährdet sei und unter ärztlicher Aufsicht bleiben müsste. Susanne konnte die Gedanken nicht von diesen schrecklichen drei Wochen lassen, griff zu einem Blatt Papier und schrieb folgendes Gedicht:

mundtot

Stolz beweisen —
        sagt sie,
in der heutigen Zeit?

Charakter zeigen,
        wen interessiert das schon?

Verrückt, ja total durchgeknallt,
        ist die!

Wer kann sich heute
        noch Dinge leisten wie

Prinzipien
                Selbstwertgefühl
Mitspracherecht
                Dienstverweigerung?

Ich wusste schon immer
                die spinnt wirklich!

Was die alles zu verlieren hat!

Geld und all` die anderen Dinge,
                sind ersetzbar,
                        sagt die!

Verrückt ist die!

Sie sagt ihrem Chef,
                was sie wirklich denkt!

                Ehrlichkeit —
                das ich nicht lache!
Wer ist das heute schon?

    Sie fühlt sich wohler,
wen interessieren,
                denn heute schon
                        Gefühle?

Noch nicht einmal der Sex
                wird heute noch mit Gefühlen
                oder Liebe gleichgesetzt — reiner Sport!

Was will die eigentlich?

Hat Arbeit —
                wer hat die schon?

gut bezahlte Arbeit
für den Osten
gut bezahlt!

Und die meint — verletzt
zu sein,
nicht gefragt worden?

Verrückt ist die,
ich wusste es schon immer,
verrückt!

Redet sich um Kopf und Kragen,
um ihre Existenz,
um ihre Arbeit,
um ihren Wohlstand!

Aber — sie fühlt sich wohl dabei —
verrückt ist die!

Die Tür ging auf und Victor stand an ihrem Bett. Susanne war so vertieft in dieses Gedicht, dass sie Victor erst gar nicht bemerkte. „Victor, was willst du denn hier?" Er stand leichenblass an ihrem Bett und legte den Blumenstrauß auf den Nachttisch, daneben legte er noch einen verschlossenen Umschlag. Mit gesenktem Kopf stammelte er: „Susanne, es tut mir persönlich wirklich Leid, bitte nimm meine Entschuldigung an." Victor verließ das Zimmer, ohne die Antwort abzuwarten. Susanne griff den Umschlag, öffnete ihn und las ihre Kündigung. Sie schmunzelte, stand auf, zog sich an und verließ das Krankenhaus auf eigenen Wunsch, denn sie hatte niedergeschrieben, was sie fühlte — sie fühlte sich wohl mit ihrem Selbstwertgefühl, das sie sich niemals nehmen lassen wollte.

Gewalt ohne Reue

Martha Pelka stand vor dem großen Kleiderschrank und schob die Bügel, auf denen die Blusen hingen, langsam nacheinander zur Seite. Die weiße Bluse schien ihr passend für das bevorstehende Ereignis. Sie setzte sich auf den rot gepolsterten Hocker, den sie schon als junges Mädchen benutzte, und schaute in den großen Klappspiegel. Beim Anblick ihrer tiefen Furchen im Gesicht und den silbernen, glatten Haaren, die das schmale gepflegte Gesicht betonten, rollten ihr die Tränen über die Wangen. Sie nahm die Puderdose und versuchte die Sorgenfalten zu retuschieren, die in ihrem Gesicht nicht zu übersehen waren. Martha nahm die Einladung der Anwältin in die Hand und schüttelte den Kopf. „So weit ist es nun gekommen mit dem Jungen und ich kann ihm auf der Anklagebank nicht zur Seite stehen", dachte Martha. Sie faltete das Papier und schob es in die elegante Handtasche. Auch noch mit ihren fünfundsiebzig Jahren legte sie großen Wert auf ihre äußere Erscheinung. Martha nahm die Blumen aus dem Eimer und ging mit gesenkten Schultern in Richtung Friedhof. Täglich ging sie diesen Weg zu den drei Gräbern, hatte aber immer nur einen Blumenstrauß dabei. Sie blieb vor einem Grab stehen und las die Inschrift: „Heinz Pelka – geb. 1920 – gest. 1945". Martha nahm die Einladung aus der Tasche und hielt sie in Richtung Grabstein.

„So ein Großvater bist du also", zischte Martha, „bei den Nazis hast du die Juden umgebracht und mir immer erzählt, du hättest im Büro gesessen. Und nun bringt dein Enkelsohn Obdachlose um und glaubt an die Nazis, er ist genau so fanatisch, wie du es warst. Was hast du ihm bloß in die Wiege gelegt!"

Sie nahm ihre Blumen und ging zum nächsten Grab, das von ihrem Sohn bewohnt wurde. Sie schaute verbittert auf den Grabstein, spuckte auf die Pflanzen und warf eine blühende Diestel auf das Grab. „So, da hast du deine Dornen, mit denen du deine Lust dort unten ausleben kannst", klang es sarkastisch aus ihrem Mund. Am Grab ihrer Schwiegertochter rollten wieder die Tränen über ihre Wangen und ihr Ton wurde sanftmütig. „Armes Mädchen, was hast du gelitten unter der Marter meines Sohnes. Wie würdest du leiden, könntest du sehen, dass dein Sohn wieder diesen brutalen Kern geerbt hat." Sie stellte während des Monologes die frischen Blumen in die Vase und strich mit der Hand zärtlich über den Grabstein.

„Wo, bitte, ist die Verhandlung wegen des toten Obdachlosen?", fragte Martha einen kleinen untersetzten Mann, der mit einer schwarzen Robe bekleidet über den langen Flur hetzte.

„Zimmer 109", entgegnete er ihr.

Martha trat mit erhobenem Kopf in den Gerichtssaal, wo sie auf die Zuschauerreihe gewiesen wurde. Sie setzte sich auf den mit schwarzem Leder bezogenen Stuhl und schaute sich um. Es war ein sehr modern eingerichteter Raum mit hellen Möbeln und Martha vermisste sofort die gewaltige, ehrfürchtige Atmosphäre eines ihr bekannten Gerichtssaals, der mit dunklen, geschnitzten Möbeln und hohen Lederstühlen ausgestattet war. Die Zeiten hatten sich geändert und es waren siebenundfünfzig Jahre vergangen, seit sie das letzte Mal einen Gerichtssaal gesehen hatte. Vor den großen Fenstern hingen weiße Vorhänge und davor stand ein langer Tresen, der erhoben war und Platz für fünf Leute bot. „Das muss wohl für den Richter sein", dachte Martha. Eine Seitentür wurde geöffnet und es traten zwei Wachleute, gefolgt von drei jungen Männern und drei Gestalten mit ernster Miene und in schwarze Roben gekleidet, in den Gerichtssaal. Die jungen Männer trugen Handschellen und nahmen mit gesenkten, kahl geschorenen Köpfen auf ihren Stühlen Platz. Sie wirkten, trotz ihrer Größe wie kleine, hilflose Kinder in den Jogginganzügen und Turnschuhen. Zwischen diese Männer setzten sich die Anwälte. Durch die Zuschauermenge ging ein Raunen und Martha, die in der zweiten Reihe saß, schaute sich um. Es waren vor allem junge Leute dort versammelt, deren Augen erwartungsvoll auf die jungen Männer gerichtet waren. Martha erkannte sofort ihren Enkelsohn Richard, der ihr aber keinen Blick schenkte. Sie hätte ihm am liebsten eine Begrüßung zugerufen, aber in dem Augenblick setzte sich ein Wachmann vor sie hin und der Blick zu Richard wurde eingeschränkt. Auf der rechten Seite erschien eine große, attraktive Dame, die ihre glatten, dunklen Haare streng nach hinten gebunden hatte und mit ernster Miene ihren Stapel Akten vor sich aufbaute. Die Atmosphäre im Gerichtssaal war angespannt und Martha holte tief Luft, schaute den einfallenden Sonnenstrahlen nach, die wie ein Pfeil auf Richard und die anderen Angeklagten zeigte. Martha rang um Fassung. Eine laute, klare Stimme riss Martha aus ihren Gedanken und sie sah, wie sich alle im Saal Anwesenden erhoben. Der kleine untersetzte Mann, der ihr im Flur begegnet war, betrat, gefolgt von zwei weiteren Personen, den Saal und setzte sich. Martha suchte den Augenkontakt zu ihrem Enkel Richard und es gelang ihr nur kurz, denn Richard war nicht in der Lage, ihrem Blick standzuhalten. Bei diesem Anblick versagten ihre Beine und sie geriet ins Wanken. Eine Hand stütze sie ab und half ihr wieder auf den Stuhl. Martha kämpfte einen Augenblick mit Gleichgewichtsstörungen, erholte sich aber recht schnell.

„Geht es wieder besser?", flüsterte eine nette Stimme neben ihr und Martha bemerkte, dass eine hübsche junge Frau neben ihr saß, die einen Notizblock in der Hand hielt.

„Danke, vielen Dank, Frau ...?"

„Stolzer, Liane Stolzer ist mein Name. Ich bin Journalistin und schreibe einen Artikel über diesen Prozess."

„Freut mich, mein Name ist Martha Pelka und ich bin die Großmutter eines Totschlägers, Richard Pelka."

„Das tut mir Leid, Frau Pelka, aber die Jugendlichen lassen sich heute nicht mehr so gut kontrollieren wie früher. Es sind einfach zu viele negative Einflüsse durch die Medien und die vielen Videos da. Aber wo sind denn die Eltern von Richard?"

„Auf dem Friedhof, habe sie vorhin dort besucht."

„Das tut mir aber Leid, dann haben Sie wohl den Richard bei sich aufgenommen?"

„Nicht nur bei mir aufgenommen, ich habe den Richard groß gezogen. Als er fünf Jahre alt war, nahm sich meine Schwiegertochter das Leben, sie hat die Ehe mit meinem Sohn nicht ertragen. Der hat sie geschlagen, gefesselt und alles sowas. Es hat ihm angeblich Spaß gemacht und Rosi, so hieß meine Schwiegertochter, sagte mir einmal, dass er das macht, weil er dann mehr Spaß am Sex hat. Am Anfang hatte ihr das wohl gefallen, aber er soll immer brutaler geworden sein. Ich merkte nur, wie ängstlich und verschlossen meine Rosi wurde und herzlich lachen konnte sie auch nicht mehr. Nach ihrem Tod, die Polizei hatte auf Mordverdacht ermittelt, erfuhr ich, dass Walter, so hieß mein Sohn, noch andere Männer dazu holte, die alle mit Rosi „spielen" durften. Das hatte sich Rosi so zu Herzen genommen, dass Sie von der Autobahnbrücke in den Tod sprang."

„Bitte Ruhe!", zischte ein Wachmann Martha an und drehte sich dabei so spontan um, dass sich sein Waffenhalfter öffnete. Martha und Frau Stolzer waren gehorsam und folgten der bereits laufenden Verhandlung. Martha hörte den Richter fragen: „Herr Klump, bitte machen Sie Angaben zu Ihrer Person und zum Tathergang." Ein Kleiderschrank von Mann erhob sich, schob den Kaugummi im Mund hin und her und fing gelangweilt an, einen scheinbar auswendig erlernten Vortrag herunterzuleiern: „Mein Name ist Rudolf Klump, fünfundzwanzig Jahre, keine Ausbildung, überzeugter Rechtsradikaler. In der Nacht von Samstag, 24.02., zum Sonntag haben wir uns ein Video reingezogen, dazu noch zwei Kisten Bier von der Tanke. Wir haben über die Reinigung der Stadt von den Pennern geredet und die Mutprobe zur Aufnahme in unsere Bande für Pelle, das ist der Richard, abgemacht. Dann sind wir losgezogen und Pelle sollte einen Penner verprügeln, nicht totschlagen. Ich sollte den Penner festhalten und Nico hat Schmiere gestanden."

„Sie wollten den Obdachlosen Kritzle also nur verprügeln, nicht totschlagen?", erwiderte der Richter in energischem Ton.

„Ja, so war's eben, der sollte nur einen Denkzettel bekommen."

„Haben Sie schon öfter solche Denkzettel verteilt?"

„Nee, leider nicht, aber die Mutprobe für Pelle sollte etwas ganz Besonderes werden. Und außerdem kann man doch nicht immer bloß von den Dingen reden, man muss doch auch etwas tun für ein sauberes Deutschland und damit haben wir eben begonnen!"

„Nach vorliegendem Protokoll der Polizei, wo Sie in der besagten Nacht ihre Aussage niederlegt hatten, sind Sie aber in der Stadt für ihre Schlagkräftigkeit bekannt!"

„Na hören Se mal, wenn mir einer in die Quere kommt, da wird nicht lange gefackelt, der kriegt eben eins auf die Schnauze. Wo leben wir denn, schließlich ist das unser Land!"

„Sie meinen also, alles mit den Fäusten regeln zu können?"

„Eine andere Sprache verstehen die doch nicht, ich bin schließlich der Boss in unserer Bande, da hat jeder Respekt vor mir zu haben. Gehorsam ist die erste Regel bei mir!"

„Wollen Sie damit sagen, dass Sie einen Totschlag entschuldbar finden?"

„Na ja, tot wollten wir den Penner nicht gleich schlagen, ich habe ihn ja nur festgehalten, na ab und zu mal zugetreten und mit in die Tonne gesteckt."

„Wie war das mit der Tonne?"

„Na, das war so, Herr Richter, wir sind ja noch mal zurückgegangen und der Pelle hatte Lust auf Bordsteinkicken, das hat ja nicht geklappt und dann haben wir ein bisschen auf den Penner rumgetrampelt und da so ein Miststück Müll ist, hat Nico die Tonne ausgekippt und wir haben den kopfüber dahin befördert, wo er auch hin gehört, in den Müll."

„Setzen Sie sich und jetzt möchte ich Herrn Pelka anhören." Rudolf Klump fläzte sich auf seinen Stuhl und lächelte mit seiner Spiegelglatze und den stechend blauen Augen Richard lüstern an. Richard erhob sich und schaute aus den Augenwinkeln seine Großmutter an, die dem Geschehen wie versteinert folgte.

Frau Stolzer flüsterte Martha zu: „So ein Scheißkerl, da finde ich in meiner Story kaum die richten Worte. Übrigens, woran ist Ihr Sohn gestorben?"

„Der ist mit dem Fallschirm abgestürzt, war die gerechte Strafe Gottes."

„Herr Pelka, bitte machen Sie genaue Angaben zu Ihrer Person und dem Tathergang, bitte noch ausführlicher als Herr Klump", herrschte der Richter Richard an.

„Ich heiße Richard Pelka, bin siebzehn Jahre alt und stehe kurz vor dem Abitur. Ich lebe mit meiner Großmutter zusammen und lernte auf einer Demo gegen den Faschismus den Rudolf kennen. Eigentlich sollte ich ja gegen seine Weltanschauung kämpfen, aber es ist doch wahr, was der Rudolf und der Nico sagen. Die Penner und die scheiß Ausländer leben auf Kosten der fleißigen Steuerzahler. Die sollen alle etwas tun oder abhauen!" Richard steigerte sich zu einem Referat und der Richter unterbrach ihn schroff: „Also meinen Sie, Herr Pelka, sie haben das Recht, einen Menschen einfach so totzuschlagen, weil er auf der Straße leben muss oder aus dem Ausland zu uns nach Deutschland gekommen ist?"

„Eigentlich wollte ich ja den Penner nicht totschlagen, habe ich ja auch nicht gleich gemacht."

„Was heißt nicht gleich gemacht?", schrie ihn der Richter an.

„Na, wir haben ihn erst einmal verprügelt und sind dann wieder abgezogen."

„Was heißt hier erst einmal verprügelt? Beschreiben Sie das mal genau!"

„Wir sind zu den Containern gelaufen, wo die Typen wohnen, und haben die Scheibe eingeschlagen, damit die hören konnten, dass wir da sind. Dann haben wir laut Heil Hitler gerufen und so ein Typ machte die Tür wirklich auf. Den haben wir uns dann geschnappt."

„War das Herr Kritzle?"

„Wird der wohl gewesen sein."

„Hat Herr Kritzle irgendetwas zu Ihnen gesagt?"

„Was soll der denn zu sagen haben? Wir haben den geschnappt und hinters Haus gezerrt. Rudolf hat ihn in den Schwitzkasten genommen und ich habe ihn als Boxbeutel benutzt."

„Hat sich der Geschädigte zur Wehr gesetzt?"

„Aber wie ein Verrückter, das war so richtig geil. Wir konnten so richtig unsere Muskeln trainieren."

„Wo befand sich Herr Wunderlich zu diesem Zeitpunkt?"

„Der hat erst Schmiere gestanden, aber dann kam er und stopfte dem Penner irgendetwas ins Maul, damit der seine Schnauze hält. Nico hat natürlich auch mit geboxt, ist doch seine Leidenschaft, das Boxen, der kann so richtig kräftig zuschlagen."

„Wann haben Sie aufgehört mit dem Boxen?"

„Als wir dann so richtig ins Schwitzen gekommen waren, brauchten wir 'n Bier und zogen zur Tanke."

„Sie haben also den schwer verletzten Herrn Kritzle ohne Hilfeleistung dort liegen lassen? Und das noch mit voll gestopftem Mund, dass der nicht um Hilfe rufen konnte?"

„Sollte der etwa noch Krach machen?"

„Was haben Sie dann gemacht?"

„Dann haben wir uns noch ein Video reingezogen und noch 'ne Kiste Bier. Im Video haben die so schön Bordsteinkicken gezeigt. Da ist der Rudolf auf die Idee gekommen, dass uns der Penner ja verpfeifen könnte und wir doch mit ihm das Bordsteinkicken ausprobieren könnten. Dann sind wir alle wieder losgetrampelt, haben unsere Lieder gesungen und der Olle lag doch tatsächlich noch auf demselben Fleck wie vorher. Nico stand wieder Schmiere und Rudolf hat den Ollen dann festgehalten. Mann, hat der ein Geschrei gemacht und ich hatte so richtig Lust, den Alten fertig zu machen."

„Soll das heißen, dass Sie dieses Geschrei noch angeturnt hat?"

„Na klar, das war richtig geil. Aber mit dem Bordsteinkicken hat das nicht so richtig geklappt, weil der Olle nicht stillgehalten hat und wir sein Maul nicht aufgekriegt haben."

„Was ist Bordsteinkicken, erklären Sie es doch mal für die Anwesenden."

„Na, da nimmt man den Ollen, reißt sein Maul auf, so dass die Zähne in den Bordstein beißen und tritt auf die Birne."

„Aber da hätte er ja sofort tot sein können!"

„Im Video sind die doch auch nicht gleich tot. Aber der Olle hat ja nicht stillgehalten und ich wurde richtig wütend, denn das Gefühl wurde immer geiler und ich explodierte fast. Wir haben dann alle auf ihm rumgetrampelt und ich habe ihm die Fresse breitgetreten."

„Sie sagen, dass sich ihre Lust gesteigert hatte, spüren Sie denn heute Reue oder was empfinden Sie, als Mörder hier im Gerichtssaal zu stehen?"

„Was ich jetzt empfinde? – Nischt, nö ich empfinde jetzt nischt."

„Sie sind ein intelligenter junger Mann, brachten auf dem Gymnasium die besten Noten und wurden immer wieder über die Gewalt aufgeklärt, da müssen Sie sich doch Gedanken über das Geschehen gemacht haben?", fragte die Staatsanwältin in ruhigem, sachlichen Ton.

„Ich mache mir nur Gedanken darüber, was noch so aus Deutschland werden soll. Wir müssen aufräumen und nicht das faule Pack noch unterstützen. Die Ausländer nehmen unseren Leuten die Arbeit weg. Ich würde das jederzeit wieder tun!"

„Sie empfinden also absolut nichts dabei, einen Menschen brutal niederzuschlagen? Der Notarzt fand den Geschädigten in einer großen Blutlache. Er stellte ein Schädelhirntrauma, eine Schädelfraktur, Hautabschürfungen, Rippenbrüche und einen verdrehten Arm, der noch dazu viermal gebrochen war, fest. Und dabei empfinden Sie absolut nichts?"

„Nö!", erwiderte Richard in einem arroganten Ton. Martha Pelka saß auf ihrem Stuhl, die Hände waren fest in ihre Handtasche vergraben, so fest, dass ihre Fingerspitzen schon weiß wurden, und ihre stechend blauen Augen waren auf Richard gerichtet, der ein ironisches Lächeln zu Martha warf.

"Das klingt genau wie damals, als Heinz einen Kollegen brutal totgeschlagen hatte, weil der sich geweigert hatte, eine jüdische Familie zu erschlagen", stammelte Martha leise vor sich hin. „Was sagten Sie eben Frau Pelka?", meldete sich Frau Stolzer, die damit beschäftigt war, den Prozessverlauf zu notieren und nicht auf Martha achten konnte. „Es ist eine Brut und die darf nicht weiterleben, sie richtet nur Schaden an", flüsterte Martha monoton vor sich hin, wobei ihr Blick auf Richard haftete. Sie hörte die Staatsanwältin wieder fragen: „Herr Pelka, Sie bereuen also Ihre Tat nicht. Würden Sie diesen Mann nochmals töten?" Richard war nun sichtlich auf dem Höhepunkt und zeigte deutlich, wie er diese Befragung genoss. Er stellte sich kerzengerade vor den Tisch und sagte mit fester Stimme: „Es lebe ein sauberes

Deutschland, für das ich jederzeit wieder morden würde!" Durch den Saal ging ein Raunen und plötzlich fiel ein Schuss. Martha hatte unbemerkt während der Verhandlung aus dem offenen Halfter des vor ihr sitzenden Wachmannes die Waffe genommen und auf Richard geschossen. Der Schuss war so gezielt angesetzt, dass Richard sofort zusammenbrach. Gleich darauf setzte sie die Waffe an ihre Stirn und drückte ab. Der Wachmann sprang sofort auf sie zu und Frau Stolzer nahm Martha in die Arme. Im Saal brach Panik aus und die Zuschauer rannten schreiend heraus. Die anderen Häftlinge wurden sofort aus dem Saal gebracht. Martha lag stark blutend in den Armen von Frau Stolzer, lächelte sie zufrieden an und hauchte mit dem letzten Atemzug: „Jetzt habe ich Deutschland von einem Mörder befreit."

Macht der Gefühle

Fast geräuschlos glitt der letzte Nachtzug aus der Halle. Der Bahnsteig war leer, bis auf einen einzelnen Mann. Er hatte sich eine Zigarette angezündet und starrte dem Zug nach, dessen rote Schlusslichter rasch kleiner wurden. In seinen Gesichtszügen war die Anspannung der letzten Stunden zu erkennen. Manfred schaute auf die große Bahnhofsuhr und atmete tief durch. Beladen mit reichlich Gepäck bewegte er sich auf die Unterführung zu und ging langsam auf die andere Seite. Ein quietschendes, unangenehmes Geräusch drang aus der Ferne in seine Ohren. Manfred dachte an seine Mona, die er in den letzten sechs Tagen sehr vermisst hatte. Er dachte auch an seine Kinder Rolf und Anja, ob sie sich über die mitgebrachten Jeans freuen würden. Auf der anderen Seite des Bahnhofes war ein flaches Gebäude, auf das Manfred mit Herzklopfen zuging. Dort musste er gleich die Gesichter der Gestalten sehen, die noch vor wenigen Minuten mit ihren Hunden den gesamten Bahnsteig bewacht hatten. Ausgestattet mit Maschinenpistolen waren sie im Zug und an jeder Zugtür postiert. Ohne weiter beachtet zu werden, wartete Manfred geduldig auf dem Bahnsteig — er hatte Angst. Er wusste, dass er sich diesen uniformierten Gestalten ausliefern musste, und betrat das Gebäude mit der Aufschrift „EINREISE IN DIE DDR". Manfred spürte schon beim Öffnen der eisernen Tür, wie seine

Hände feucht wurden und zitterten. Nachdem er den, mit grellem Neonlicht beleuchteten Raum betrat, rief eine raue, unfreundliche Stimme: „Wohin?"

„Guten Abend, mein Name ist Manfred Kulk und ich komme aus Westdeutschland, ich meine, war zu Besuch dort und will wieder zurück."

„Gehen Sie in das Zimmer, wo Einreise an der Tür steht."

Mit weichen Knien und einem flauen Gefühl in der Magengegend betrat Manfred das Zimmer mit dem langen Tresen. Hinter diesem Tresen standen zwei sehr wichtig aussehende Uniformierte mit ernster Miene. Eine davon war eine Frau.

„Name und Papiere", forderte sie mit tiefer Stimme.

„Manfred Kulk", stammelte er.

Ein musternder, lang anhaltender Blick überzeugte sie, einen Stempel in seinen Pass zu drücken. Der männliche Uniformierte beteiligte sich am intensiven Betrachten der Person Manfred Kulk und forderte im schroffen Ton: „Gepäck auf den Tresen stellen und öffnen!" Nun machte sich Panik bei Manfred breit, und es geschah genau das, wovor er sich gefürchtet hatte. Manfred, ein begeisterter Bücherwurm, hatte Literatur in seinem Gepäck versteckt, von der er nicht wusste, ob sie in der DDR gestattet war. Unauffällig, in einer braunen Plastiktüte, auf dem Boden der braunen Reisetasche versteckt, hoffte er, unentdeckt zu bleiben. Manfred atmete tief durch und zwang sich zu lächeln. Seine Kehle war trocken vor Aufregung und er konnte kein Wort über die Lippen bringen. Manfred öffnete langsam die Verschlüsse seines Reisegepäcks und präsentierte lächelnd dem wichtigen Uniformierten seine schmutzige Wäsche der letzten sechs Tage. Das gefiel dem Uniformierten nicht besonders gut, und er schaute flüchtig in diese Reisetasche. „Nur Dreckwäsche", murrte er. Ganz aufmerksam beschäftigten sich die beiden mit den eingeführten Geschenken wie Textilien, Kaffee, Kakao, Bananen und Konserven. In einer Liste wurden alle Dinge erfasst und mit Unterlagen verglichen. Nach ungefähr einer Stunde dieser Prozedur durfte Manfred das Gebäude verlassen. Tief erschüttert, und gleichzeitig erleichtert, hörte er die Tür hinter sich ins Schloss fallen. Manfred rang um Fassung, aber das Gefühl war stärker und ihm rollten die Tränen ins Gesicht. Wie in Trance lief er auf dem Bahnsteig auf und ab, wobei er sein Gepäck fest umklammert hielt. Seine Gedanken wurden klarer, und in seine Ohren drang wieder das laute, quietschende Geräusch. Durch dieses Geräusch wurden seine Gedanken wieder auf die Familie gerichtet und auf seine Mona. Er dachte mit Schaudern an die Auseinandersetzung, die ihn erwarten würde, wenn er sich seiner Ehefrau offenbaren würde. Die Folgen fürchtete er schon sehr lange und die eigene Feigheit und Bequemlichkeit standen seinem Neuanfang bisher im Wege. Es ging auch jahrelang gut so mit Mona und der Familie — niemand hatte eine Ahnung von seiner heimlichen Liebe. Manfred schaute auf die Bahnhofsuhr und sah, dass sie 1.10 Uhr anzeigte. Er hatte es geschafft, noch vor 24.00 Uhr die Grenzkontrolle zu passieren. Der Fahrplan zeigte ihm, dass der erste Zug um 5.30 Uhr fahren sollte. Die Mitropa Gaststätte war geschlossen und so auch der Warteraum. Manfred setzte sich auf eine Bank, stapelte das Gepäck neben sich, zündete eine Zigarette an, und vernahm ganz nah wieder dieses quietschende Geräusch. Er schaute sich um, und sah eine der wenigen Leuchten auf dem Bahnsteig, die im Wind schaukelte und ihm so einen Willkommensgruß brachte. Der Bahnsteig, fast dunkel, drei Bänke für die Wartenden, so uneben gepflastert, dass der beste Nährboden für das wuchernde Unkraut gegeben war, rief ihm ins Bewusstsein, dass er wieder zu Hause — in der DDR — war. Noch vor wenigen Stunden saß er auf dem großen, hell erleuchteten Bahnhof mit Cafés und Shops. Die Menschen liefen gut gelaunt, freundlich und frei auf den Bahnsteigen hin und her. Sie redeten offen — ohne zu flüstern. Manfred dachte über seinen Besuch in Westdeutschland nach. Wie hatte er sich auf diese Reise gefreut, wie viele Nachweise und Begründungen musste er vorlegen, damit die sechs Tage im Westen amtlich genehmigt wurden. Die Zeit verging so schnell und die Verwandten waren sehr freundlich zu ihm. Er schämte sich, wie ein Bettler kam Manfred sich vor, ohne eigenes Geld einzukaufen. Das Bargeld jetzt in seiner Tasche war nicht erbettelt, aber eine freiwillige Spende an den armen Ostdeutschen, der maximale Erlebnisse haben sollte. Manfred fragte sich, warum er überhaupt in den letzten Zug Richtung DDR gestiegen war. Lange zögerte er und ließ zwei Züge fahren. Seine Ehe würde nicht mehr von

Dauer sein, und seine Kinder waren selbstständig. Aber da war ein innerer Antrieb, ein tiefes Gefühl im Herzen, über das er sich seit Jahren nicht im Klaren war und seine eigene Courage stellte sich der Entscheidung entgegen. Er schaute auf und das Quietschen der Lampe wirkte nun wie ein vertrauter Gesprächspartner auf ihn. Manfred betrachtete die Lampe und fragte sie: „Wohin soll der nächste Zug mich bringen?" Manfred lauschte lange und entschied für sich, ein neues Leben mit seiner Mona zu beginnen, die er schon drei Jahre heimlich liebte. Pünktlich um 5.30 Uhr stieg er in den Zug ein. Seine Hände waren steif von der nächtlichen Kälte, und er war froh, dass der Zug gut geheizt war. Der Zug fuhr der aufgehenden Sonne entgegen und ein Glücksgefühl machte sich in Manfred breit. Er freute sich auf das neue Zuhause, und konnte kaum erwarten, dort anzukommen. Endlich stand er vor der ersehnten Wohnungstür und drückte den Klingelknopf. Die Tür wurde geöffnet und Mona flüsterte: „Da bist du endlich. "

Liebe oder Nostalgie?

Renate saß mit Uli am Frühstückstisch und kaute gelangweilt ihre Semmel. Ihr Blick war starr auf den Rhododendronbusch gerichtet, der vor ihrem Küchenfenster in seiner lila Blütenpracht stand. Sie kämpfte unbemerkt mit den Tränen und weigerte sich innerlich, Uli einen Blick zu gönnen. Uli redete voller Begeisterung vor sich hin und blätterte den Prospekt aufgeregt hin und her. „Schau' doch mal Renate, sieh' doch dieses Design und die Farbe, echt aufregend!", laberte Uli immer.

Die Wohnungstür war schon angelehnt, als Renate langsam die Treppe hinaufging. Uli hatte seine beste Hose und sogar eine Krawatte angezogen und stand ungeduldig im Flur.

„Für wen hast du dich so herausgeputzt?", staunte Renate.

„So ein Ereignis kommt doch nicht jeden Tag vor, da muss man sich eben von der besten Seite zeigen. Und außerdem, war ich bei unserer Hochzeit vor zwölf Jahren nicht auch fein angezogen?"

„Fein angezogen schon, aber da warst du auch schlanker und viel liebenswürdiger zu mir als heutzutage."

„Was ihr Frauen, mit eurer übertriebenen Erwartungshaltung, immer wollt, sorge ich nicht gut für euch, das wirst du in ein paar Stunden erleben, wie gut ich für euch alle sorge."

„Bloß gut, dass ich das Geld so zusammenhalten kann, sonst hättest du diese Stunde nicht erlebt, auf die du dich so freust." Renate entschied sich, in Anbetracht der festlichen Kleidung von Uli, dann auch für das Kostüm. Die große Glastür öffnete sich automatisch und Uli vergaß in seiner Aufregung wieder alle Höflichkeitsformen. Er rannte in die große Vorhalle und schien vergessen zu haben, dass es Renate auch noch gab. Ein perfekt gekleideter junger Mann kam ihm mit einer aufgesetzt freundlichen Miene entgegen.

„Guten Tag, mein Name ist Uli Knuddel und ich habe einen Termin beim Chef persönlich."

„Ach Herr Knuddel, mein Name ist Reiner Gutglück und ich habe den Auftrag, im Namen des Herrn Siegesmundi, die Geschäfte zu übernehmen."

„Was, der Chef ist nicht da, nicht für mich persönlich, wo es doch um eine so große Sache geht?"

„Herr Knuddel, ich hoffe, Sie werden das unserem Haus nicht negativ anlasten und nehmen auch mit mir vorlieb."

„Na, meine Enttäuschung ist doch sehr groß!"

„Guten Tag, Frau Knuddel, wollen wir uns das Prachtstück erst einmal anschauen oder wollen wir die Formalitäten erst erledigen? Darf ich Ihnen einen Kaffee, Tee oder Wasser anbieten?"

„Nö, lassen Sie mal."

Sie gingen alle drei in mäßigem Tempo durch die große Halle in die nächste noch größere Halle, die voll gestopft war mit Uli´s Träumen.

„Na welcher ist es denn nun?", fragte Uli ungeduldig. Das entscheiden Sie, Herr Knuddel, hier auf der rechten Seite sind alle vom gleichen Typ und Farbe, Sie dürfen wählen."

„Echt geil!", rief Uli.

Renate stand mit gesenktem Kopf neben Herrn Gutglück und konnte keine Freude empfinden. Uli rannte von einem zum anderen und blieb dann endlich stehen: „Das ist er, den will ich haben!" Herr Gutglück schritt majestätisch zu Uli und öffnete die Tür. Uli setzte sich in sein Traumauto, seinen VW Polo Silber metallic, und strahlte wie ein Kind vor der Bescherung.

„Komm Renate, setz' dich mit rein und schau', wie der ausgestattet ist."

„Lass mal Uli, das werde ich schon erleben, wenn wir nachher fahren werden." Nach kurzer Begutachtung des neuen „Familienmitgliedes" gingen alle drei in Herrn Gutglücks Büro.

„So, nun werden wir die Papiere noch durchsehen und ein Käffchen trinken, mein Kollege fährt rasch zur Zulassungsstelle und dann können Sie ihn in einer Stunde gleich mitnehmen. Wie bezahlen Sie, Herr Knuddel?"

„Bar, natürlich bar, denn wir haben gelernt, dass man sich erst etwas kauft, wenn man es sich auch leisten kann und die DDR-Pappe wollen Sie ja noch mit verrechnen."

„Aber selbstverständlich! Der Chef hatte hier eine Notiz gemacht, dass Sie sich mit ihm auf fünfhundert Mark geeinigt hatten?"

„Aber Uli, fünfhundert Mark, das ist nicht dein Ernst?", entfuhr es Renate mit blankem Entsetzen.

„Sei jetzt still, das klären wir zu Hause ab!"

„Damit bin ich jetzt aber nicht einverstanden!"

„Sei jetzt still, Renate, sonst werde ich die Geschäfte alleine abwickeln, denn schließlich will ich das neue Auto heute noch nach Hause fahren!"

Renate saß leichenblass auf ihrem Stuhl und konnte sich nicht mehr gegen die kommende Tränenflut wehren. Herrn Gutglück war die Situation sichtlich peinlich und er schob Renate eine Packung Tempo zu. Uli ließ sich aber nicht von seinem Vorhaben ablenken und studierte freudig die Unterlagen, nahm einen Stift und unterschrieb alles, wie es verlangt war. Er gab Renate den Stift in die Hand und legte ihr ein Blatt nach dem anderen zur Unterschrift vor. Mit zitternden Händen unterschrieb sie widerwillig und wischte dabei die Tränen aus ihren Augen, damit sie die Zeilen erkennen konnte. Stolz übergab Uli alles Herrn Gutglück und nahm den Blumenstrauß, den Herr Gutglück umständlich überreichte, auch noch entgegen. Uli stolzierte zu seiner neuen Errungenschaft und Renate schlich mit gesenktem Kopf hinterher.

„Natchen, hör' doch mal, wie leise der Motor läuft! Sitzt du gut, Natchen? Nu beruhige dich mal wieder, immerhin fünfhundert Mark sind eine Menge Geld, dafür sparen wir fast zwei Monate."

„Wie konntest du mir das nur antun, du bist ein richtiger Holzklotz, so sind nun mal die Männer! Ihr habt keine Achtung vor den Gefühlen einer Frau! Wie konntest du meinen Charly praktisch verschenken, dann hätte ich ihn lieber behalten, du hast immer von viertausend Mark gesprochen, die wir für Charly bekommen sollten!"

„Sag mal, hast du zuviel Geld? Wir sind immer mit einem Auto ausgekommen, du hast dein Fahrrad und brauchst auch nicht irgendwo hinfahren. Dein Bäckerladen ist doch gleich ein paar Straßen weiter, wozu brauchst du da einen Zweitwagen?

Und außerdem, was sollen die Leute denken, ich habe mich schon immer ein bisschen geschämt, mit der DDR-Pappe durch die Gegend zu tuckern. Und unsicher ist das Ding auch noch!"

„Du, du, du, du verstehst überhaupt nichts, gar nichts verstehst du Holzklotz!" Wieder brach Renate in Tränen aus und Uli verzog das Gesicht genervt.

„Hör jetzt auf mit deinem Geheul, du verdirbst mir die ganze Freude an der Fahrt mit meinem neuen Wagen!" Uli hielt vor dem Wohnblock und öffnete Renate die Autotür. „Los steig aus, kannst ja schon das Abendbrot machen, ich will noch etwas Freude haben mit meinem neuen Auto!" Renate stand schluchzend in der Küche und erschrak, als sie zwei Hände umarmte.

„Hallo Mutti, na was ist denn mit dir los?"

„Gut, dass du kommst, Martin, dein Stiefvater ist wieder ein Elefant im Porzellanladen, wie es der größte Elefant nur sein kann. Er hat kein Gefühl mit anderen und mit mir erst recht nicht. Er gibt sehr gern Geld aus, auch das Geld, das mir gehört."

„Was meinst du damit? Ich denke ihr habt heute euren neuen VW abgeholt, zwar nur der Kleine, aber immerhin, bei dem Geld, das der Alte so nach Hause bringt, ist das schon eine Leistung, so ein Auto auch noch bar zu bezahlen."

„Na, das ist so meine Macke, ich verzichte lieber so lange, bis ich auch weiß, dass es mir gehört, und das gleich nach dem Kauf. Ich halte nichts von pumpen."

„Ist doch total altmodisch, Mutti, jeder kauft sein Auto auf Kredit, die Zinsen sind auch nicht mehr so hoch."

„Aber nicht deine Mutter!"

„Und was hat der Alte denn gemacht, dass du so verheult aussiehst?"

„Er hat doch wirklich meinen Charly für fünfhundert Mark in Zahlung gegeben, mir ist es schon bei viertausend Mark schwer gefallen zuzustimmen, aber das ist wirklich eine stattliche Summe, die mein Charly auch wert ist!"

„Was hat der alte Sack gemacht? Deinen Charly hat der verhökert für fünfhundert Mark, wo der weiß, wie du an diesem Asphaltpickel hängst! Aber da habe ich eine Idee! Wir holen uns den Charly wieder!"

„Aber Martin, ich habe doch gar kein Geld, wir haben den VW bezahlt und die eiserne Reserve ist festgelegt für das nächste halbe Jahr. Bis dahin ist Charly schon längst über alle Berge!"

„So, nun beruhige dich erst einmal. Wann will denn der Alte wieder nach Hause kommen?"

„Ich glaube, der fährt erst mal alle Bekannten ab um anzugeben und das kann dauern."

„Na, dann mache ich eine Flasche Wein auf und wir klönen ein wenig. Ich habe bis einundzwanzig Uhr Zeit, dann holt mich Björn zur Disco ab."

Renate deckte den Tisch und sie aßen gemeinsam. Der Wein munterte Renate etwas auf und sie wurde redselig.

„Martin, weißt du noch, du warst gerade mal sechs Jahre alt und wir beide lebten ein bescheidenes, aber zufriedenes Leben. Da kam das große Ereignis, mein großes Ziel, mein Charly, ein neues

Auto nach vierzehn Jahren Wartezeit und Ansparphase."

„Ja, Mutti, dafür hast du mich auch überall mit hin gezottelt. Jede Woche einmal in den Zehnerblock zum Kassieren der Versicherungen. Jeden Monat einmal hast du die alten Leute besucht für die Volkssolidarität und dann bist du immer mit mir zu den Geburtstagen gerannt. Warum musste ich denn überall mit hin, das war manchmal stinklangweilig!"

„Aber Martin, hast du denn vergessen, was du immer alles im blauen Nylonbeutel hattest? Der war voll mit Westschokolade, Kakao, Spielen und auch so manche fünf Mark haben dir die alten Leute in die Tasche gesteckt. Das hättest du nicht gehabt, wenn ich nur alleine gegangen wäre. Und dann immer der viele Kuchen, den mir die alten Leute nach den Geburtstagen mitgegeben hatten, die haben manchmal nur für uns gebacken, weil sie keinen weiteren Besuch erwarteten."

„Ist ja richtig, das habe ich natürlich schon wieder vergessen. Ich kann mich nur daran erinnern, dass es bei machen so ganz schön gemuffelt hatte und ich dann immer zu Hause in die Wanne zum Haarewaschen musste — wie schrecklich — Haarewaschen, ich dachte immer ersticken zu müssen."
Beide brachen in lautes Gelächter aus und Martin öffnete die zweite Flasche Wein.

„Ach Mutti, weißt du noch, wenn du dann am Wochenende im Kabarett gewesen bist und hast dort serviert? Ich war oft bei der dicken Nachbarin. Soll ich dir heute mal ein Geheimnis verraten, nach fünfzehn Jahren?"

„Du hast Geheimnisse vor mir, Martin?"

„Die Tante Trude hatte unter ihrer großen Schürze immer noch einen Rock mit riesigen Taschen und da hatte sie immer eine kleine Flasche Pfefferminzlikör versteckt. Ich habe die Flasche entdeckt, als ich einmal mit ihr Suchen spielte und mich unter ihrem eigenen Rock versteckte, da habe ich probiert und von da an spielte ich jedes mal mit ihr Suchen und trank heimlich aus der Flasche."

„Hat die das nicht gemerkt?"

„Wie denn, die war so dick, die konnte doch noch nicht einmal ihre Schuhe alleine zu machen. Und wenn du dann in der Nacht nach Hause gekommen warst, habe ich schon geschlafen."

„Ja, so erfahre ich noch nach Jahren, dass mein kleiner Sohn ein Trinker war. Aber schön war auch, wenn sich Mutti eine Kerze angezündet hatte, eine Flasche Sekt öffnete und die Vase mit dem angesparten Geld aus der Arbeit bei der Versicherung und der Kellnerei leerte. Wie war ich stolz auf jede Mark, die ich mir selbst erarbeitet hatte und am nächsten Tag auf meinem Sparbuch einzahlen konnte."

„Wieso hast du alles in die Vase gestopft, auf dem Sparbuch hätte das doch Zinsen gebracht?"

„Das war für mich ein Ritual, alles Geld, das ich verdiente, nie nachzuzählen und dann, wenn die Vase schwer geworden war, feierlich zu entleeren und meinem Traumauto — meinem Charly — ein Stück näher zu kommen.!"

„Du Mutti, ich weiß noch, wie du den Charly damals geholt hattest."

„Martin, erinnere mich bloß nicht daran! Es war doch, wenn ich heute darüber nachdenke, etwas peinlich!"

„Ich weiß noch, wie du in dem verqualmten Büro, wo eine dürre, hässliche Frau saß, plötzlich total in Tränen ausgebrochen warst und die dich rausgeschmissen hatte. Auf dem Hof hast du dann laut geheult und dann kam ein netter, älterer Mann mit einem langen Bart, legte den Arm um dich, und wir gingen in eine riesengroße Halle, in der nur ein Auto stand. Er machte dir die Tür auf, du hast dich in das Auto gesetzt, und sofort aufgehört zu heulen. Was war da eigentlich los?"

„Na, das war ein Hammer! Da hatte ich doch vierzehn Jahre auf meinen Charly gewartet, hart gearbeitet und gespart. In meinen Träumen sah ich ihn immer wieder vor mir und so blau wie der Himmel sollte er sein, das hatte ich auch bei der Bestellung angegeben. Nun kommen wir da hin und der ganze Autohof steht voller potthässlicher grüner Trabbis — so ein grün wie der Frosch im Fernsehen. Alle Leute fuhren begeistert mit ihren hässlichen, grünen Autos vom Hof und ich dachte, das kann dir nicht passieren, du hast schließlich einen himmelblauen Charly bestellt. Die Schreckschraube im Verkaufsbüro sagte aber, dass in der nächsten Zeit nur solche Grünen produziert werden und ich entweder noch ewig warten oder so ein Ding nehmen sollte. Da hat es mich entschärft, Martin. Mein lautes Geheul auf dem Hof hatte dann doch das Erbarmen dieses Herrn ausgelöst und der hatte einen himmelblauen Trabbi mit weißem Dach, der war bestellt über Westdeutschland für einen Verwandten im Osten, der das

Auto dann nicht wollte. Und so wurde ich die stolze Besitzerin meines Charlys, den Uli nun für fünfhundert Mark einfach so, ohne mich zu fragen, verhökert hat."

„Was haben wir beide für schöne Fahrten gemacht! Weißt du noch Mutti, wir hatten das große Radio hinten drin und sangen nach den Kinderliedern von Lacky, die fand ich toll so als Kind. Wir sind oft nur mal einen Tag irgendwo hingefahren, wir beide ganz alleine, und haben Enten gefüttert oder sind in den Wald gegangen, haben Zapfen für Weihnachten gesammelt und Tiere beobachtet. Und ich hatte dich ganz für mich alleine, bis dann der Alte kam! Der tat gleich so, als würde ihm unser Charly gehören, dabei hat der doch keinen Finger dafür krumm gemacht!"

„Nun sieh das nicht so eng, ich konnte ja nicht immer alleine bleiben. Und soll ich dir mal ein Geheimnis verraten, jetzt bist du ja erwachsen. Der Charly war so groß, dass er als Liebeslaube bestens geeignet war. Kannst du dich noch an den netten Mann erinnern, der dir immer Schokolade mitgebracht hatte? Leider war er verheiratet und ist wieder zu seiner Frau zurückgegangen. Aber diese Stunden mit ihm im Wald hatte uns nur mein Charly ermöglicht." Renate wischte sich wieder die Tränen aus den Augen. Die Tür ging auf und Uli stand mit hochrotem Kopf auf der Schwelle.

„Was ist passiert?", fragte Martin.

„Er ist, er ist ..."

„Wer ist, was ist los?", fragte Renate energisch.

„Natchen, ich bin ganz ordentlich auf der Umgehungsstraße gefahren und da — da — hat es schon geknallt!"

„Wo hat es geknallt, Uli?"

„Na auf der Umgehungsstraße, ich fuhr und plötzlich rumste es. Ein LKW schob mich unerwartet von hinten auf das vor mir fahrende Auto und es gab einen großen Knall. Der Air Airbag ging sofort auf und schützte mich vor schweren Verletzungen."

Renate und Martin glotzten Uli sprachlos an.

„Warum seid ihr nur so schweigsam, es war doch nicht meine Schuld und das schöne neue Auto ist total kaputt — was mache ich jetzt bloß?"

„Na mit dem Fahrrad fahren, du brauchst schließlich nur drei Kilometer bis zur Arbeit", erwiderte Renate.

„Natchen, du bist mir wohl ganz böse?"

„Böse? - Ich weiß, es war nicht deine Schuld und wenn du den Schaden nicht verursacht hast, dann zahlt ja die Versicherung und wir können einen neuen Wagen kaufen. Doch das braucht Zeit, so schnell arbeiten die bekanntlich nicht und ohne Auto kommen wir schlecht zurecht!"

„Natchen, ich sehe es ja ein, ich war etwas überheblich und ungerecht zu dir. Wir holen uns den Charly morgen wieder zurück und du kannst ihn als Zweitwagen behalten."

„Mensch, das hätte ich nicht von dir erwartet Dad, dass du auch mal gerecht sein kannst — aber ist schon o.k.!"

„Ich bin heute die glücklichste Frau der Welt", jubelte Renate, „denn morgen werde ich wieder stolz mit meinem Charly durch die Gegend tuckern!"

Abriss

Ingrid stellte die Kaffeekanne auf den Tisch und legte die Sonntagszeitung dazu. Sie überlegte, ob sie den Quark mit oder ohne Brötchen essen sollte, denn zur Zeit fühlte sie sich wieder einmal viel zu dick und der Sommer nahte. Die Kerze auf dem Tisch strahlte die Ruhe aus, die Ingrid nach dieser hektischen Woche brauchte. Sie lümmelte sich in den Sessel und entschied sich doch für ein Brötchen zum Quark, denn schließlich hatte sie sich diese gemütliche Stunde verdient. Genüsslich kaute sie auf ihrer Semmel und schlug die Zeitung auf. Werbung, nichts als Werbung, dachte sie und blätterte weiter. Ein großes Bild mit der Überschrift, „Endlich, Abriss der Plattenbauten freigegeben", trieb ihr Röte ins Gesicht und sie erkannte den Eingang des Hauses, wo sie mit ihrer Familie gelebt hatte. Ingrid stellte die Kaffeetasse auf den Teller und rannte in das Schlafzimmer, holte eine Landkarte. Hektisch suchte sie den Ort, wo der Abriss stattfinden sollte und verfolgte mit dem Zeigefinger die Fahrstrecke. Ungefähr zwei Stunden mit dem Auto, dachte sie, und beschloss, diesen Tag zu nutzen und das letzte Mal diesen vertrauten Ort aufzusuchen. Eine Stunde später saß sie in ihrem kleinen, roten Auto, die Landkarte neben sich aufgeschlagen und startete den Motor. Es war zehn Uhr und die Sonne meinte es gut an diesem Apriltag. Ingrid überkam während der Fahrt immer wieder so ein eigentümliches, unerklärbares Gefühl und sie fragte sich, warum sie so spontan eine Reise antrat, die sie sich eigentlich gar nicht leisten konnte. Von dem Geld, das sie als Verkäuferin verdiente, musste sie allein ihre ganzen Ausgaben bestreiten. Aber es war ein innerer Zwang, sie musste einfach an diesen Ort, egal was es kosten würde.

Nach gut zwei Stunden Fahrt lenkte sie ihren kleinen Wagen auf einen verwilderten Parkplatz und sie fand die Stelle wieder, wo sie vor zehn Jahren ihren Trabbi parkte. Sie stieg aus und ihr Entsetzen war groß. Die Wohnblöcke starrten sie mit leeren, schwarzen Fenstern an. Ab und zu hing eine alte, verstaubte Gardine am Fenster oder ein Kinderbild. Ingrid ging auf den Hauseingang zu, den sie viele Jahre betreten hatte, ohne darüber nachzudenken, welche Zukunft dieses Haus haben würde. Sie umfasste den eisernen Griff und lehnte sich mit aller Kraft gegen die Tür. Und sie öffnete sich unerwartet mit dem vertrauten, rostigen Klick, der bei Ingrid einen leichten Schreck auslöste. Sie betrat das Treppenhaus. Ein muffiger, vertrauter Geruch kam ihr entgegen. Sie wollte erst die Nase zuhalten, empfand den Geruch dann aber nicht als abstoßend und atmete sogar tief ein. Sie ging langsam die Treppe hinauf und schmunzelte über die kunstvollen Muster auf dem Ölpaneel, das die Maler damals leidenschaftlich mit vielen, teilweise selbst hergestellten, Schablonen malten. Sie erinnerte sich, dass ihr kleiner Florian mit dem Ärmel auch ein Muster malen wollte und das ganze „Kunstwerk" des jungen Malers ruinierte. Das gab ein Geschrei im Treppenhaus und die Hausgemeinschaft hatte endlich wieder Stoff sich über die fehlende Erziehung von Lehrerkindern aufzuregen. Ingrid stand vor ihrer Wohnungstür und probierte die Schlüssel aus, die sie mitgenommen hatte. Und nach dem fünften Versuch passte sogar einer. Unglaublich, dachte sie, es kommt mir vor, als käme ich nach Hause. Mit starken Herzklopfen betrat sie die Wohnung. Es war alles so, wie sie es vor etwa zehn Jahren verlassen hatten. Sie ging in das Wohnzimmer und machte das Fenster auf. Bei dem Anblick der leeren Wohnungen trieb es ihr die Tränen in die Augen, sie machte die Augen zu und meinte Kinderstimmen zu hören, die fröhlich auf dem Hof Fußball spielten, die Stimmen der Frauen, die sich laut unterhielten, die Geräusche der Trabbis, Mopeds und auch das Vogelzwitschern meinte sie zu hören. Tränen rollten über ihre Wangen und sie atmete tief durch. Waren es Tränen des Glücks oder der Trauer? Ingrid setzte sich in die Mitte des Wohnzimmers und wünschte sich so sehr, dass ihr Florian wieder in das Zimmer gestolpert käme. Aber das würde sie nie wieder erleben dürfen. Sie legte sich auf den Teppichboden und schloss die Augen. Sie hörte eine Stimme und spürte, wie sich ein Körper neben sie legte. Ingrid war wie im Trance, sie wollte die Augen nicht öffnen, alles war ihr so vertraut, alles war, wie sie es sich wieder wünschte und sie war zu allem bereit. Sie spürte, wie eine vertraute Stimme zu ihr sagte: „... was machst du hier ..."

Sie flüsterte: „Ich suche euch, ich möchte wieder so leben, so lieben, wie ich es vor zehn und mehr Jahren getan hatte."

Ingrid spürte, wie ein Mund sie zärtlich küsste und eine Hand in ihre Bluse griff, sie spürte die andere Hand unter ihrem Kopf und der zärtliche Kuss löste eine Leidenschaft bei beiden aus, dass sie bald nackt auf dem Teppichboden lagen. Ingrid wollte die Augen nicht öffnen, der Traum war zu schön und diesen Traum konnte und wollte sie nicht unterbrechen. Der Geruch war ihr so bekannt und die Art des Kusses, nur diese Leidenschaft, diese Begierde nach der Vereinigung war unermesslich. Ingrid genoss diesen Zustand und ließ sich treiben, sie hatte ein so großes Verlangen nach körperlicher Leidenschaft, dass sie einen lauten Schrei ausstieß, als etwas in sie eindrang.

Sie hörte ein Grunzen und die Worte: „... wie lange habe ich dich gesucht, wie lange habe ich diesen Augenblick herbeigesehnt ..."

Wieder spürte sie diesen harten Druck in ihrem Körper und sie ließ sich in diesem Zustand gehen, schrie und stöhnte, so wie sie es noch nie getan hatte. Ein lautes Stöhnen und eine feste Umarmung, die sie zur Ruhe brachte, zwang sie die Augen zu öffnen. Sie erschrak, denn der Traum war Wirklichkeit. Zwei dunkelbraune Augen strahlten sie an. Eine warme Hand strich über ihre nackten Brüste.

„Ronny! Was machst du hier in der Wohnung?"

„Ich las heute früh in der Sonntagszeitung, dass unser Block abgerissen werden soll und musste einfach hierher fahren, dreihundert Kilometer bin ich gefahren, ohne zu wissen warum." Ingrid lächelte und kuschelte sich in seinen Arm. Eng umschlungen lagen sie auf dem Teppichboden und schwiegen lange. Die Schlafzimmertür öffnete sich vom Wind und Ingrid erblickte einen kleinen Spielzeugclown auf dem Fußboden. Sie löste sich aus der Umarmung, zog ihre Kleidung an, holte den Clown und setzte sich zu Ronny. Beide betrachteten diese Puppe und Ronny standen die Tränen in den Augen, Ingrid lächelte und sang das Lied vom Teddybär.

„Bitte, bitte hör auf", schluchzte Ronny. Er legte seinen Kopf in den Schoß von Ingrid und weinte hemmungslos. Ingrid sang ihr Lied weiter, als säße Florian vor ihr und würde sich darüber freuen.

„Wie musst du mich damals gehasst haben", sagte Ronny. „Es war furchtbar mit anzusehen, wie ein Vater das eigene Kind überfährt, nur weil du mit einem so großen Westschlitten nicht umgehen konntest", sagte Ingrid mit monotoner Stimme. „Kannst du mir jemals verzeihen?"

„Wie soll man den Tod seines Kindes überwinden, es war auch dein Kind, und dass du es geliebt hast, das weiß ich wohl. Aber was ich dir nicht verzeihen kann ist, dass du dich dem Alkohol zugewandt hast und mich dann mit meinem Kummer allein gelassen hast. Nicht nur das, du hast mir noch mehr Sorgen bereitet und ich dachte manchmal, ich würde verrückt werden. Deine Stelle als Lehrer hast du verloren, weil du täglich betrunken warst und dass du dann noch mit einer Schülerin ins Bett gestiegen bist, das kann ich nicht vergessen."

„Also hasst du mich doch!"

„Nein, hassen nicht, du warst meine große Liebe und ich hätte alles mit dir durchgestanden, aber du hast mich mit dem jungen Ding verlassen, hier am Küchenfenster habe ich gestanden und dir das letzte Mal nachgeschaut."

„Ich war verzweifelt, wollte einen Ausgleich für meine Sorgen!"

„Verzweifelt war ich auch."

„Ingrid, ich liebe dich immer noch und mache mir so große Vorwürfe."

„Komm, Ronny, lass uns das letzte Mal diese Treppen gemeinsam hinuntergehen und die vergangene Stunde als Geschenk ansehen."

Glückseligkeit

„Guten Moorrrgen Walter, Walter, Walter!" sang
der Papagei und begrüßte so, wie jeden Morgen,
seinen besten Freund. „Guten Morgen Nanu!" rief
Walter ihm freudig entgegen und legte seine
Haustürschlüssel auf die Garderobe. Er schlüpfte
in seine zu großen Pantoffeln und rutschte in die
Küche, wo er Nanu einen klein geschnittenen
Apfel gab. „Heute ist ein ganz besonderer Tag,
Nanu und ich werde mich erst heute Nachmittag
schlafen legen. Es ist mein vierzigster Geburtstag."
Walter balancierte das große Kuchenpaket in den
Kühlschrank und trottete in das Badezimmer. Er
zog seine Sachen aus und freute sich auf eine
heiße Dusche. Walter hatte versäumt, ein Hand-
tuch in die Nähe der Dusche zu legen und kam so
nicht an seinem Spiegelbild vorbei. Lange hatte es
gedauert, bevor er zu längeren Betrachtungen seines Körpers in der Lage war, denn noch nie war er
mit seinem Äußeren zufrieden. Er konnte den
Anblick seiner krummen Beine, die viel zu lang
waren im Verhältnis zu seinem stark behaartem,
dünnen Rumpf nicht ertragen. Die Arme zu kurz,
der birnenförmige Kopf thronte unförmig auf seinem Schwanenhals. Sein dichtes, braun gewelltes
Haar sah ständig ungekämmt aus, er musste es
kurz halten, und konnte so auch die weit abste-
henden Ohren nicht verdecken. Seine Gesichts-
haut war in strenge Falten gelegt, die den schma-

len Mund und die zu lange Nase betonten. Aber die lustigen, braunen Augen ließen keinen Zweifel daran, dass Walter heute etwas ganz besonderes plante. Die erste Hälfte seines Lebens verbrachte er schon ohne Partnerin und das sollte sich ab heute ändern. Walter deckte seinen Tisch im Wohnzimmer festlich und hatte extra einen Blumenstrauß gekauft. Er ging mehrmals durch die Wohnung und prüfte die Ordnung in allen Räumen. Pünktlich um zehn Uhr klingelte es an der Haustür. Aufgeregt rannte Walter zur Tür und öffnete. Wie erwartet, strahlte ihn der perfekt gekleidete Herr Fischer an und streckte ihm die rechte Hand entgegen. „Guten Tag, Herr Wille, mein Name ist Fischer, Partnervermittlung Glückseligkeit!"

„Guten Tag, Herr Fischer, kommen Sie bitte rein." Sie gingen beide in das Wohnzimmer und setzten sich an den gedeckten Tisch. „Na, mein Gott, haben Sie viele Bücher! Erwarten Sie noch Besuch, Herr Wille?"

„Nein, nein, das habe ich für uns vorbereitet."

„So, so Herr Wille, sie leben schon immer allein?"

„Ja, ich hatte bisher nicht den Mut, eine Frau anzusprechen."

„Na, haben Sie es denn mal über Anzeigen probiert?"

„Nein, da bieten sich nur schöne, reiche und intelligente Männer an, und die Frauen suchen auch nur solche Männer und keinen einfachen Nachtwächter, der mit einem Papagei und seinen Büchern lebt."

„Ich merke schon, hier bin ich richtig und kann Ihnen mit Sicherheit helfen!"

„Wie geht das bei Ihnen?"

„Na, ganz einfach - wir sind ein Klub, das heißt, Sie werden bei uns Klubmitglied und erhalten in sechs Monaten zwölf Angebote. Danach können Sie noch für längere Zeit im Rahmen unseres Klubservices Partnerangebote zusätzlich abfordern."

„Das hört sich aber sehr gut an! Gibt es da Veranstaltungen oder wie läuft das ab?"

„Nein, nein, wir sind kein Veranstalter!"

„Was dann?"

„Na, Sie machen mit mir einen Vermittlungsvertrag für die Dauer von sechs Monaten und erhalten dann von unserer Zentrale sofort in der nächsten Woche das erste Angebot per Post. Na, und dann setzen Sie sich mit der Dame telefonisch oder schriftlich in Verbindung und verabreden sich."

„Wo wohnt denn diese Dame?"

„Na, wir haben da ein Prinzip, bis hundert Kilometer Umfeld sehen wir als zumutbar an. Na, Sie müssen wissen, dass unsere Zentrale über eine bundesweite Datenbank verfügt und ungefähr fünfzigtausend Suchende dort registriert sind. Der Computer wertet ihre Daten aus, und sucht so für Sie die richtige Partnerin aus!"

„Das ist ja famos! Und was kostet das?"

„Na, die Kosten werden für Sie tragbar sein, denn schließlich ist die Partnerin für Sie ein absolut großer Gewinn und wirtschaftlich nicht gegen zu rechnen."

„Ist ja richtig, aber was soll ich bezahlen!"

„Na, wie viel würden Sie in das große Lebensglück investieren?"

„Keine Ahnung!"

„Na, dann werde ich mal die Katze aus dem Sack lassen und Sie freudig überraschen! Na, Sie bezahlen bei uns nur achttausend Mark für zwölf Vermittlungen! Na, ist das nicht ein faires Angebot!" Im Raum herrschte Ruhe und Walter rang um Fassung. „Ist das nicht etwas übertrieben?"

„Nein! Na, diese Zahl hat auch eine symbolische Bedeutung! Na, Partnerschaft hat auch in erster Linie mit Sex zu tun — oder wollen sie keinen Sex?!" Walter stieg Röte ins Gesicht und er stotterte verlegen: „Na, doch, schon."

„Na, also — für ein Partnerangebot bezahlen Sie sechshundert-sechs-und-sechzig Mark!!!"

Herr Fischer brach in lautes Gelächter aus. „Aber, könnten wir dann nicht die Angebote reduzieren?"

„Nein, nein — da haben wir unsere Vorgaben — oder wollen Sie keine Partnerin!!??"

„Ja, doch — egal, machen Sie den Vertrag fertig, schließlich habe ich lange genug auf meinem Geld gesessen."

Freudig öffnete Herr Fischer seinen schwarzen Lederkoffer und holte den großen Stapel Fragebögen aus der Tasche. „Na, die müssen wir jetzt alle ausfüllen, haben Sie noch zwei Stunden Zeit?"

„Ja, ja." Nach vier anstrengenden Stunden verließ Herr Fischer in bester Laune die Wohnung. Bei Walter blieb die Frage offen, warum er einem wildfremden Mann seine intimsten Geheimnisse offenbart hatte und dafür auch noch achttausend Mark bezahlte. Er öffnete sich eine kleine Flasche Sekt und trank sie allein aus.

Walter drehte das Schloss in seinem Briefkasten um und staunte, als er, schon vier Tage nach Abschluss des Vertrages, einen Brief von der Partnervermittlung vorfand. Hastig rannte er die Treppe hinauf und öffnete die Tür. Der Papagei sang ihm den Morgengruß entgegen und Walter riss den Brief auf. Ein nettes Schreiben und eine Rückmeldekarte flatterten ihm entgegen. Dem Schreiben konnte er eine Adresse und Telefonnummer entnehmen und plötzlich überkam ihm Angst. Jetzt wurde es ernst und Walter stand vor der großen Aufgabe, eine Frau ansprechen zu müssen, denn schließlich zwang ihn die Rückmeldung dazu und eine große Summe Geld hatte er auch dafür ausgegeben. Er griff zum Telefonhörer und wählte mit feuchten, zitternden Händen die angegebene Nummer. Nach dreimaligem Klingeln schaltete sich der Anrufbeantworter ein und ihm versagte die Stimme. Er legte den Hörer wieder auf. Wütend über sein eigenes Verhalten legte er sich ins Bett und verbrachte unruhige Stunden. Am Abend kippte er, gegen seine Gewohnheit, einen großen Cognac hinter, der ihm Mut machen sollte. Er wählte erneut die Nummer und schon nach dem ersten Klingelzeichen meldete sich eine liebenswürdige Stimme: "Eva Muuusss."

„Ja, hier ist Walter Wille wegen des Angebotes von der Partnervermittlung."

„Guten Abend Herr — wie war noch mal der Name?"

„Wille, Walter!"

„Ach, Herr Walter, ja, es tut mir Leid für Sie, aber ich habe gestern Abend meinen Traummann gefunden. Aber, Sie können mir trotzdem Ihre Telefonnummer geben, man weiß ja nie."

„Nein, ist schon gut, na dann viel Glück." Walter legte den Hörer auf und war tief enttäuscht. Er fragte sich, ob das alles vielleicht nur ein Trick von dieser Partnervermittlung ist. So bin ich sechshundertsechsundsechzig Mark los für einen Anruf, dachte Walter. Er füllte die Rückantwortkarte aus und bat um weitere Angebote. Diese Angebote wurden auch umgehend zugesandt, diesmal gleich drei auf einmal mit einem ermutigendem Anschreiben und natürlich den Rückantwortkarten. Das Lampenfieber hatte sich bei Walter noch nicht gelegt und er zog einen Atlas zu Rate, um zu prüfen, welche der Damen in der näheren Umgebung wohnte. Er griff zum Telefonhörer, wählte die Nummer und es meldete sich eine Kinderstimme.

„Ist deine Mami da?" fragte Walter mutig.

„Ja, aber Mami liegt noch mit dem neuen Papa im Bett."

„Danke." Walter war wütend und mutig zugleich. Er wählte sofort die nächste Nummer und es meldete sich eine Männerstimme: "Hier bei Mertens."

„Guten Tag, ich möchte gern Frau Mertens sprechen."

„Meine Freundin steht gerade unter Dusche, rufen Sie später noch mal an."

Nun war Walter kurz vor einer seelischen Explosion, er wählte die dritte Nummer.

„Meier!" klang es schroff aus der Muschel und Walter verschlug es kurz die Sprache. „Hallo, wer ist denn da?"

„Guten Morgen, mein Name ist Walter Wille, ich rufe an wegen der Partnervermittlung."

„Hallöchen, Walter, das ist ja eine Überraschung. Wann treffen wir uns und wo — bei dir oder bei mir?"

„Na ja, ich würde sagen im Café."

„Oh, bist du etwa schüchtern?"

„Etwas, aber wir wollen die Sache mal ruhig angehen lassen, oder ?"

„Wenn es sein muss, ich bin immer sehr direkt, Wo wollen wir uns treffen?"

„Am Donnerstagnachmittag im Café Seeschlösschen — sechzehn Uhr?"

„Wie erkennen wir uns?"

„Ich würde sagen, jeder hat eine rote Rose in der Hand."

„Wie romantisch — ich bin schon ganz verrückt nach dir, Walterchen — bis bald!"

Walter verbrachte bereits zwei Stunden im Bad und setzte sich dem Kampf mit seinen spröden Haaren aus. Heute wollte er gut aussehen und so wechselte er fünf Mal seine Garderobe, bis er sich für den Anzug und Krawatte entschied. Ein letzter Blick in den Spiegel gab ihm zwar keine Befriedigung, aber so sah er nun einmal aus und schöner würde er nicht werden. Er ging in den Blumenladen und kaufte die rote Rose. Ein Blick auf seine Uhr verriet ihm, dass er noch reichlich Zeit hatte. Walter schlenderte die Straßen entlang und überlegte, was er bestellen sollte, denn er war ungeübt in Cafébesuchen. Im Café angekommen, schaute er sich nach einer Dame mit einer roten Rose um, konnte aber noch keine entdecken. Er setzte sich an einen Tisch in der Mitte des Cafés, damit er nicht übersehen werden konnte. Die Uhr zeigte pünktlich sechzehn Uhr und er wartete mit starken Herzklopfen und starrem Blick. Eine nette Kellnerin brachte ihm die bestellte Tasse Kaffee, als um 16.10 Uhr die Tür geöffnet wurde und eine rundliche Dame mit einer roten Rose in der Hand das Café betrat. Walter sprang ihr sofort entgegen und begleitete sie umständlich zum Tisch.

„Hallöchen, Walterchen, was bist du für ein schneidiger Bursche!" trällerte Frau Meier in höchsten Tönen.

„Es freut mich", stotterte Walter.

„Aber, wollen wir uns nicht in die Ecke dort setzen, da sind wir ungestört, Walterchen!"

„Na, bitte, wie Sie, ich meine du es wünschst."

Die Kellnerin kämpfte gegen einen Lachkrampf und brachte Walter den Kaffee an den Tisch.

„Was darf ich Ihnen bringen?" fragte die Kellnerin höflich.

„Eine Flasche Champagner, bitte!", sang Frau Meier der Kellnerin entgegen.

„Aber, ich muss ..."

„Keine Widerrede, heute wird gefeiert, Walterchen."

Walter fühlte sich erdrückt von der Dame, die in ihrer pompösen Aufmachung wie eine Diva auf ihn wirkte. Ob die vielleicht von der Partnervermittlung engagiert wurde, dachte Walter. Die Kellnerin brachte den Champagner und lächelte Walter kurz mitleidig an. „Es ist ein schönes Leben, wenn man durch so tolle Organisationen so schöne Menschen kennenlernt wie dich, mein Walterchen."

„Ja, ja, es ist schön."

Die dicke Frau Meier erzählte ohne Pause aus ihrem Leben und bestellte nach einer Stunde bereits die zweite Flasche Champagner. Walter trank sehr wenig, denn er sollte um zweiundzwanzig Uhr wieder seinen Nachtdienst antreten.

„Walterchen, ich bin ganz heiß auf dich, gehen wir zu dir oder zu mir?"

„Heute schon?!"

„Aber Walterchen, ich brenne darauf deinen Körper zu genießen!" Walter überkam Angst vor dem Augenblick, wenn diese Dame vor ihm die Hüllen fallen ließ. Er hatte auch Angst zu versagen, denn er war seit Jahren nicht mehr mit einer Frau zusammengewesen und dann so ein heißes Monster. Er rannte vom Tisch und flüchtete in die Toilette.

„Gibt es hier einen Hinterausgang?!" schrie er eine ältere Dame an.

„Nein, was ist mit ihnen los?"

„Ich soll vergewaltigt werden!"

„Von wem?"

„Das dicke Monster da draußen will mir an die Wäsche!"

„Nun beruhigen Sie sich erst einmal, Herr ..."

„Wille ist mein Name."

„Eva, hol doch mal ein Glas Wasser für Herrn Wille!" rief die alte Dame mit beruhigender Stimme. Walter setzte sich in den Umkleideraum des Personals und war schweißüberströmt. Er öffnete seine Krawatte mit zitternden Händen und spürte plötzlich eine wohlige Wärme in seiner Nähe.

„Bitte, Herr Wille, Ihr Glas Wasser", sagte eine ruhige, sympathische Stimme. Walter drehte sich um, ihre Blicke trafen sich und Walter versank in zwei himmelblauen Augen. Wie hypnotisiert standen sich beide gegenüber. „Sind sie schon vergeben?", hörte sich Walter fragen.

Nur ein Stück Acker

Die Treppe des alten Gutshauses knarrte bei jedem Schritt, den der alte Bauer Baack machte, so laut, dass die Nachbarn keinen Wecker brauchten. Jeden Morgen, pünktlich um fünf Uhr, ging der alte Baack den gleichen Weg im Haus. Erst benutzte er das alte Klo mit der modernen Spüleinrichtung und dann wusch und rasierte er sich in der großen Gemeinschaftsküche. Schon über fünfzig Jahre hatte er seine alte Emailleschüssel, die er nicht gegen eine moderne Badeinrichtung tauschen würde. Er kochte seinen Kaffee im Blechtopf und aß einen großen Ranken Brot, den er in seinem reichlich gezuckerten Kaffee titschte. Zufrieden verließ er das Haus, fütterte sein Federvieh und nahm seinen treuen, alten Schäferhund Karl an die Leine. Er band Karl am Hintersitz seines alten Traktors fest und setzte sich auf den mit Decken belegten Sitz. Die kleinen, lustigen hellen Augen von Bauer Baack funkelten jedes Mal, wenn der Traktor die ersten gequälten Geräusche von sich gab. „Auf geht`s!", rief der alte Baack seinem Hund Karl fröhlich zu und verließ den Hof. Der Traktor fuhr den Weg auf den Hügel schon Jahrzehnte fast von selbst, er bog hinter dem kleinen Wald auf dem Feldweg ab. Bauer Baack stieg langsam vom Traktor und ging stolz über den Acker. Schon als Kind hatte er hier für die Herrschaften gearbeitet und er liebte jeden Stein auf diesem Acker. Viele Eigentümer wechselten, aber

Bauer Baack blieb immer auf dem gleichen Acker, als Knecht, als LPG-Vorsitzender und nun als Antragsteller für den Kauf des Ackers bei der Treuhand. Aber es war dem alten Bauer Baack auch egal, für wen er den Acker bestellte, solange es seine Arbeit auf dem Acker blieb.

„Der Weizen ist bald soweit!", rief er seinem Hund Karl zu und ging zufrieden durch die Reihen. „Das wird eine gute Ernte!", rief er lächelnd.

„Hallo Herr, Sie da!", hörte der Bauer eine Stimme rufen.

„Ja, wer bist du denn?"

„Ich bin Erich Arp und werde diesen Acker hier zurück bekommen."

„Das wird mein Acker!", lachte der alte Baack den jungen, gut gekleideten Mann aus.

"Das ist nicht richtig, weil ich das Erbe meiner Urgroßeltern antreten werde und demnach der Acker mir gehört."

„Ist auch egal, Hauptsache, ich kann meinen Acker bestellen."

„Was meinen Sie damit?"

„Na, ich habe schon seit meiner Kindheit diesen Acker gepflügt, bestellt und abgeerntet. Soll doch der Ertrag in andere Taschen fließen, ich will nur meinen Acker weiter bearbeiten."

„Darüber werden sich andere Leute mit Ihnen unterhalten, Alter." Bevor der alte Baack noch etwas sagen konnte, war der junge Mann verschwunden. Der alte Bauer Baack ging mit seinem Karl noch lange Zeit spazieren und es war für ihn nicht weiter schockierend, dass der Acker einen neuen Besitzer bekommen sollte. Er selbst hatte sich daran gewöhnt, für andere zu arbeiten und hatte sich auch wenig Hoffnung auf den eigenen Besitz gemacht – für wen auch, Nachkommen hatte er keine. „Komm Karl, die Kirche muss noch hergerichtet werden, morgen ist Taufe", sagte Bauer Baack zu seinem Schäferhund und startete den Traktor. Solange er denken konnte, standen schon sein Urgroßvater, sein Großvater, sein Vater und nun er selbst im Dienst der Kirche. Es war zu einem festen Ritual für Baack geworden, die Kirche zu säubern, zu schmücken und die Glocken pünktlich läuten zu lassen.

„Grüß Gott, Bauer Baack. Wir müssen heute miteinander reden."

„Worüber denn, habe ich etwas falsch gemacht, Herr Pfarrer?"

„Nein, nein. Aber es ist wegen deiner Wohnung und dem Acker. Der Bürgermeister bat mich, mit dir darüber zu reden."

„Ist es wegen dem jungen Schnösel, der heute früh auf dem Feld war und meinen Acker erbt?"

„Ja, war denn da ein junger Mann bei dir? Setz dich zu mir, Baack. Es ist so, die Treuhand hat nun einen Erben für das Gutshaus und die Ländereien gefunden und der hat andere Pläne mit dem Acker. Er will dort einen Windpark bauen lassen und damit Geld verdienen. Das Gutshaus soll an einen Künstler verkauft werden, auch der Wald."

„Na so was, wo bleibt dann mein Karl, mein Federvieh, meine Bienen und wo bleibe ich!?"

„Darüber will ich mit dir reden, Baack."

„Wann soll es denn losgehen mit der Bauerei?"

„Noch in diesem Jahr, das Gutshaus ist schon so gut wie verkauft."

„Wo soll ich bloß hin?"

„Du hast dein ganzes Leben auf dem Feld gearbeitet, nun ist es Zeit, dass du mit fünfundsiebzig Jahren in den Ruhestand gehst. Ich dachte, dass du in dem neugebauten Seniorenheim ein neues Zuhause finden kannst."

„Und meine Tiere!", schrie Baack bestürzt und verließ die Kirche. Nachdem zwei Wochen vergangen waren, machte sich Bauer Baack in gewohnter Weise auf den Weg zu seinem Acker. Er wollte prüfen, ob der Weizen bald gedroschen werden konnte. Als er mit seinem Traktor aus dem Wald fuhr, hörte er ein lautes, dröhnendes Geräusch und erblickte kurz darauf das Unfassbare. Eine große Planierraupe machte sich auf seinem Acker zu schaffen und schob rücksichtslos die Erde unter seinem Getreide zusammen. Er war geschockt und fuhr geradewegs mit seinem Traktor zur Kirche.

„Herr Pastor, Herr Pastor!", schrie Bauer Baack so laut von seinem Traktor, dass die Leute auf der Straße neugierig auf ihn starrten. Der Pastor kam gelaufen und versuchte Bauer Baack, den sonst nichts aus der Ruhe zu bringen schien, zu beruhigen. Nach einem langen Gespräch schlug der Pfarrer Bauer Baack vor, dass er in der Bodenkammer im Pfarrhaus wohnen könnte und für den Kirchen- und Friedhofsdienst zuständig sein könnte. Die Tiere hätten im nebenliegenden Hof einen guten Platz. Bauer Baack zog mit seinen wenigen Habseligkeiten kurz nach dem Gespräch im Pfarrhaus ein. Er tat seine Pflicht in der Kirche und auf den Friedhof sehr sorgfältig. Der Herbst zog ins Land und die Bäume zeigten sich in schillernd goldenen und roten Farben. Bauer Baack musste erleben, wie ein großer Flügel nach dem anderen auf seinem Acker in den Himmel gehoben wurde und seine monotonen Kreise zog. Eines morgens bat er den Pfarrer um ein Gespräch. Bauer Baack zog eine Sonntagshose an und band die beste Krawatte um. Der Pfarrer empfing ihn in seinem bescheidenen Arbeitszimmer und war sehr erstaunt, dass sich der alte Bauer Baack so fein gemacht hatte. Nachdem sich beide auf die alten Armlehnstühle gesetzt hatten, gab der alte Baack dem Pfarrer ein Schriftstück vom Notar.

„Herr Pfarrer, nun ist es bald soweit, dass der Herrgott mich rufen wird. Sie wissen, ich habe nie viel gebraucht im Leben, nur der Acker war mir wichtig — er war mein Leben. Was ich an Geld verdient habe, verwaltet Herr Maaß auf der Bank für mich. Nun hatte ich ihn gebeten, mein Geld mal zusammen zu zählen und dem Notar von der Bank zu sagen, was ich besitze. Hier, Herr Pfarrer, ist es, und ich will, dass Sie den Kirchturm so herausschmücken lassen, dass alle Leute auf den Kirchturm schauen und nicht auf diese großen Flügel, die den Strom machen." Der Pfarrer war sehr gerührt von dieser Geste und faltete das Testament vom alten Bauer Baack auseinander. Dort war verfügt, dass der Kirche ein Vermögen von 584.000,- EURO übertragen werden solle und zuerst der Kirchturm mit Kupfer bedeckt werde, damit alle Leute schon aus der Ferne sehen können, was den Menschen hier im Dorf das Wichtigste ist.

Jugendsünde

Die Haustürglocke des alten Gutshauses schellte noch immer klar und laut und an ihrem Klang war nicht zu hören, dass sie schon über einhundert Jahre ihren Dienst tat. Der Pfarrer Tückenhein zog auch schon viele Jahrzehnte am Griff der Haustürglocke und wusste, dass er ein Weilchen warten sollte, bevor die treue Rosi die Tür öffnen würde. Er stand auf dem Perron, wartete geduldig und betrachtete immer wieder voller Bewunderung den wunderschönen Garten mit all den mächtigen Bäumen, die er als kleiner Junge schon bestiegen hatte. Die schwere Haustür wurde langsam geöffnet und das Mondgesicht von Rosi lächelte ihn unverkennbar an. Es ist schon bewundernswert, dachte der Pfarrer, dass Friedel diesem Geschöpf einen Platz im Leben geschaffen hat.

„Hallo Pfarrer", stotterte Rosi aufgeregt und streckte ihm die Hand entgegen. Sie gingen beide die dunkle, alte Treppe hinauf in das Schlafzimmer von Friedel. Die schweren Vorhänge dunkelten das Zimmer so ab, dass der Pfarrer kaum etwas erkennen konnte. Er zog die Vorhänge zurück und immer wieder empfand er den Anblick, der sich ihm mit Friedel und Rosi bot, schockierend. Hier lebten zwei hilflose Frauen auf einem fast völlig verfallenem Gutshof. Friedel, einst eine resolute Schönheit mit prallen Brüsten, stechend blauen Augen und langen schwarzen Haaren, war die Seele des Gutshofes. Die Männer erfreuten sich an diesem Anblick und zollten ihr großen Respekt. Als diese so begehrte Frau den schneidigen Gutsinspektor Wilhelm Fromm heiratete, war so mancher Kerl auf dem Hof stockbesoffen. Nach knapp einem Jahr liefen die alten Weiber und die Hebamme aufgeregt in das Schlafzimmer von Friedel und nach vielen leidvollen Stunden brachte Friedel ein Mädchen zur Welt, das einen sehr eigenartigen Gesichtsaudruck hatte. Wilhelm konnte sich nicht erklären, was dieser Gesichtsausdruck seiner Tochter Rosi bedeuten sollte und der Arzt erklärte ihm schonungslos, dass er eine geistig behinderte Tochter hatte, ein Mongoloid. Fassungslos schrie er seine Friedel an und gab ihr die Schuld an diesem Schicksal. Friedel schwor in diesem Augenblick, dass sie ihr Leben für ihre Tochter leben würde und alles tun, um dem Kind ein lebenswertes Leben zu ermöglichen.

Und das hat sie geschafft, dachte der Pfarrer. Er trat langsam an das Bett von Friedel und sah ein ungewöhnliches Lächeln in ihren Augen, das er aus ihrer Jugend kannte, immer wenn Friedel so gelächelt hatte, war sie dabei, etwas Schönes vorzubereiten. Bevor der Pfarrer die übliche Begrüßung und das Gebet aussprechen konnte, schnatterte Friedel aufgeregt: „Herr Pfarrer, sagen Sie es ehrlich, der liebe Gott wird mich bald zu sich rufen und ich muss doch alles noch in Ordnung bringen, bevor er mich von dieser Welt holt. Bitte gehen Sie mal da an die Kommode und ziehen die dritte Schublade auf, dort finden Sie zwei Bündel mit Briefen, die Sie lesen und Rosi kocht Ihnen einen guten Tee, oder soll sie einen Wein aus dem

Keller holen." Der Pfarrer tat, was ihm Friedel aufgetragen hatte, setzte sich in den großen Ohrensessel an das Fenster und begann die Briefe zu lesen. Friedel beobachtete ihn sehr interessiert und lächelte vor sich hin, wenn sich seine Stirn kraus zog, dann wusste sie, dass der Pfarrer sein Entsetzen unterdrücken musste. Nach zwei Stunden war der Pfarrer mit den Briefen fertig und Friedel bat ihn zu sich.

„Bitte, Herr Pfarrer, Sie müssen meinen Gotthard mit seiner Marianne und Rieke einladen, und Sie müssen dann auch hier sein und dann werden wir alles in Ordnung bringen, damit mich der liebe Gott auch gut behandelt dort oben."

„Wann soll das Treffen stattfinden, Friedel?"

„So schnell wie möglich, denn viel Zeit bleibt mir nicht mehr."

Resi aus dem Dorf war vom Pfarrer beauftragt, Friedel und Rosi bei der Vorbereitung des Familientreffens zu helfen. Sie hatte sich sehr viel Mühe gegeben, drei Sorten Kuchen gebacken und die Stube sauber hergerichtet. Den Tisch hatte sie festlich gedeckt und Rosi freute sich vor dem Spiegel, wie ihr Rock beim Drehen flatterte. Friedel war so aufgeregt, dass Resi noch den Doktor bestellte, der ihr eine Beruhigungsspritze gab. Pünktlich um vierzehn Uhr läutete die Glocke an der Haustür und Rosi trabte bei dem Signal los. Der Pfarrer trat ein und hatte drei fein herausgeputzte Personen im Gefolge. Friedel saß schon kerzengerade mit erhobenem Haupt am großen, langen Tisch und erwartete die Begrüßung äußerlich ruhig und gefasst. Beim Anblick ihres Sohnes Gotthard, den sie seit zehn Jahren nicht gesehen hatte, schnürte es ihr die Kehle zu. Er begrüßte seine Mutter mit einem kalten Lächeln und Marianne ebenfalls. Das kleine neunjährige Mädchen schaute die alte Frau mit ihren stechend blauen Augen und den dunklen langen Haaren schüchtern an und machte einen höflichen Knicks. Der Pfarrer bat alle zu Tisch und Resi kam mit der großen Kaffeekanne und einer Schüssel Schlagsahne angelaufen. Am Tisch aßen alle wortlos ihren Kuchen und die Luft schien zu knistern, als würde gleich eine Bombe explodieren. Friedel lächelte vor sich hin und betrachtete innig ihre Enkeltochter, die sie zum ersten Mal sah. Rosi aß ihren Kuchen so gut sie konnte und verteilte die Hälfte um den Teller herum, was Rieke fasziniert beobachtete.

„Rieke, schau auf deinen Teller und iss anständig!" durchbrach eine herrische Stimme die Stille.

„Lass sie doch Marianne, hier wurde noch nie auf richtige Tischsitten geachtet", erwiderte Gotthard höhnisch.

„Nun ist es aber genug, das sollte hier ein harmonisches Familientreffen werden und keine sarkastische Familienkomödie!", sprach der Pfarrer entsetzt dazwischen.

„Was sollen wir denn eigentlich hier, die Alte hat sich doch von Anfang an gegen uns gestellt und hat alles getan, unsere Hochzeit zu verhindern!", laberte Gotthard.

„Friedel will jetzt Klarheit in das Familienleben bringen und hat euch heute eingeladen, damit ihr die wahre Familiengeschichte erfahren sollt. Sie will, dass ihr alles verstehen könnt, warum sie gegen eure Hochzeit war und wie sehr sie gelitten hat, all die Jahre ihren Gotthard nicht sehen zu können."

„Die hätte doch nur mal schreiben sollen und dann wäre ich bestimmt gekommen", sagte Gotthard in schroffen Ton.

„Ach Kinder, es fällt mir sehr schwer zu reden und im Angesicht Gottes werde ich euch jetzt die ganze Familiengeschichte kurz erzählen, der Pfarrer hat die Beweise von mir erhalten und wird euch alles geben, wenn ihr mir zugehört habt." Marianne warf Friedel einen verachtenden Blick zu und senkte trotzig ihren Kopf. Gotthard setzte sich in kontroverse Position und starrte seine Mutter neugierig an. Friedel holte tief Luft, rutschte auf ihrem Sitz noch mal hoch und begann mit fester Stimme: „So, liebe Kinder, lange habe ich auf diesen Augenblick gewartet und mir immer wieder vorgestellt, wie es wohl sein wird, wenn ich euch alle an einem Tisch habe und ob ich die Kraft haben werde, euch diese Geschichte zu erzählen, denn sie wirft Schande auf mich, und nur wer mich kennt und die wahren Hintergründe erfährt, kann mein Verhalten verstehen. Also, wie ihr alle wisst, hat mich Wilhelm nach der Geburt von Rosi verflucht und ging regelmäßig seinen Weibergeschichten nach. Es war eine schwere Zeit für mich, denn ich liebe ihn bis heute und habe ihm verziehen, denn schließlich musste er mit dem Spott auf dem Gutshof fertig werden. Mich dagegen schauten alle mitleidig an, wenn ich mit meinem Kind auf den Hof kam. Es wurde für mich immer schwerer, diese Blicke zu ertragen und ich ging immer seltener aus dem Haus. Der Wunsch nach einem zweiten, gesunden Kind wurde immer stärker, aber Wilhelm verachtete mich nur und fing dazu noch an zu trinken, wie sollte ich da noch ein zweites Kind bekommen? Es war an einem herrlichen Frühlingstag, ich höre noch heute das Wasser im Bach rauschen und die Vögel in den blühenden Kirschbäumen zwitschern, als der junge Gutsherr stolz auf seinem schwarzen Pferd an mir vorbei ritt. Ich wollte mich gerade in einem Busch verstecken, weil wir keinen Zutritt zu den Kirschbäumen hatten, da kam der Gutsherr langsam zurückgeritten und hielt Ausschau nach mir. Schüchtern trat ich mit Rosi auf dem Arm, die damals drei Jahre alt war, aus dem Gebüsch hervor. Als er Rosi sah, brach er in lautes Gelächter aus. Ich war so wütend, dass ich ihn anschrie, was es da zu lachen gäbe. Er stieg vom Pferd, nahm Rosi auf den Arm und streichelte sie. Das hatte ich bisher noch nie erlebt, weil die meisten Leuten einen Bogen um uns machten. Er fand Rosi einmalig und sie hatten einen guten Kontakt. Von da an trafen wir uns regelmäßig unter den Kirschbäumen und verliebten uns. Es war an einem Sommerabend im August, die Sonne ging hinter dem Hügel dunkelrot unter und er fasste nach meiner Hand. Wir schauten uns an und alles passierte wie von selbst. Als er in mich eindrang, empfand ich Reue und Scham. Er spürte, was in mir vorging und seine Lust steigerte sich so, dass wir Dinge miteinander taten, die ich danach nie wieder erlebte. Unsere heimliche Liebe wurde zur Sucht, da war nur das Problem, dass er verheiratet worden war mit einer Frau, die er nicht liebte, weil an ihr nichts natürlich war und nur das Geld im Vordergrund stand.

Wir liebten uns und redeten bis in die Nacht hinein. Dann wurde ich schwanger und wusste nicht, ob ich Freude oder Scham empfinden sollte. Als ich ihm davon berichtete, brach seine Welt zusammen und er meldete sich sofort freiwillig in der Garde. Nun stand ich da und wusste nicht, wie ich die Schwangerschaft erklären sollte, also machte ich Wilhelm so betrunken, dass er glauben musste, dass wir miteinander geschlafen hätten. Gotthard wurde geboren und ich war die glücklichste Frau mit dem schönsten Kind. Wilhelm war sehr stolz auf seinen Sohn und protzte in aller Welt herum. Ich hatte mein Geheimnis, aber meinen Geliebten sollte ich nie wieder sehen. Ein Jahr später war die Gutsherrin schwanger und niemand sprach öffentlich darüber, denn der Gutsherr war im Feld und die Leute erzählten, er wäre für eine Nacht auf dem Gut gewesen und hätte seine Frau geschwängert. Es kam ein hübsches Mädchen zur Welt und die Gutsherrin veränderte sich sichtlich. Ich litt damals furchtbare Qualen bei dem Gedanken, dass mein Geliebter mich so hintergangen haben soll. Gotthard und Marianne, ihr beiden seid wie Geschwister aufgewachsen. Du, Gotthard bist deinem Vater wie aus dem Gesicht geschnitten und die Leute verglichen heimlich, doch ich bin ständig erhobenen Hauptes mit meinen beiden Kindern über das Gut gegangen und mein Leben war erfüllt mit euch, auch mit Rosi, die sich mit ihrer Behinderung in das Leben auf dem Gut anpasste. Als ihr nun Jugendliche ward, konnte man eure tiefe Zuneigung nicht übersehen und ich hatte ständig damit zu kämpfen, dass ihr in meinen Augen Halbgeschwister ward. Ich wehrte mich natürlich gegen eure Beziehung, konnte aber die Ehre der Gutsherrin nicht beschmutzen. So musste ich leidend mitansehen, wie ihr euch vermählt habt und hoffte, dass ihr keine Nachkommen haben werdet. Als dann die Nachricht von der Geburt Riekes kam, war ich völlig außer mir und betete zu Gott, dass das Kind gesund sein möge. Nachdem Wilhelm dann zum lieben Gott gerufen war, fand ich ein großes Bündel Briefe in seinem Versteck, das er mir kurz vor seinem Tod preisgab. Neugierig las ich diese Briefe und erfuhr, dass Wilhelm viele Jahre ein inniges Verhältnis mit der Gutsherrin hatte, die inzwischen im Altenheim lebt. Mir wurden viele Dinge klar und ich hatte nie den Mut mit euch zu sprechen. Ich leide unter der Verachtung, die ihr mir zuteil werden lasst und heute wünsche ich euch von Herzen alles Gute. Bitte verzeiht mir." Sie nahm ihr Wasserglas und wollte es an den Mund führen. Gotthard sprang auf, als er sah, dass seine Mutter zu schwach war, das Glas zu halten. Er hielt ihre Hand, als sie ihn anlächelte und sie ihren Kopf für immer senkte.

Weihnachtsgans mit Beigeschmack

Im Wartezimmer des neuen Herrn Dr. Grausmich saßen wieder viele Patienten. Eine erdrückende Stille herrschte im Raum und die Luft war so dick, dass man sie mit einem Messer hätte durchschneiden können. Als die Tür aufging, kam ein eiskalter Wind in den Raum. Eine rundliche Frau, die in einem großen Tuch eingewickelt war, betrat mit lautem Gepolter den Raum. Die Stille der Wartenden wurde durch eigenartige Geräusche unterbrochen. Schwester Christin kam schnell herbei und wollte der älteren Frau helfen.

"Was ist mit Ihnen Frau Tanka?", fragte die Schwester besorgt.

"Was soll sein mit mir? Bin doch wieder gut auf die Beine, dank Dokterchen."

„Aber was haben Sie da hinter dem Rücken?"

„Das ist doch nur mein Agatchen - mein Gans für Dokterchen, als Dank."

Frau Tanka ging zielstrebig in Richtung Sprechzimmer und stürmte, ohne anzuklopfen, das Zimmer. Agatchen, die Frau Tanka an der Leine im Schlepptau hatte, gackerte munter.

"Hallo, Dokterchen!", rief Frau Tanka dem jungen Arzt, der erstaunt aufschaute, entgegen. "Sie mir haben meine Beine wieder richtig gesund gemacht und dafür will ich bringen dir meine größte Gans Agatchen, so wie üblich bei uns in

Heimat!", trällerte Frau Tanka dem ahnungslosen Doktor entgegen. Sie nahm Agatchen auf den Arm und überreichte sie dem sprachlosen Doktor Grausmich. So schnell, wie Frau Tanka gekommen war, war sie dann auch wieder gegangen, und Dr. Grausmich stand wie gelähmt mit der Gans Agatchen auf dem Arm in seinem Arbeitszimmer. Schwester Christin und Schwester Antje konnten das Lachen nicht mehr unterdrücken und gackerten im Chor mit der Gans. Sie befreiten den schockierten Dr. Grausmich von seinem Geschenk und sperrten die Gans in die Patiententoilette ein. Dort war dann eben ein Schild angebracht − DEFEKT −. Nachdem Dr. Grausmich alle Patienten versorgt hatte, holte er die Gans aus ihrem Gefängnis und nahm sie mit nach Hause. Dagmar hatte den Tisch gedeckt und saß schon erwartungsvoll mit Töchterchen Lisa am Tisch. Es war zu einem Ritual geworden, das Abendessen festlich einzunehmen, denn das gehörte schließlich zur richtigen Kindererziehung.

„Hallo Dagmar!", rief Hansi schon warnend beim Betreten der Wohnung. Lisa stürmte sofort zu ihrem Papa, der sie aber nicht auf den Arm nehmen konnte, weil es sich Agatchen schon recht bequem dort gemacht hatte. „Papa, was ist das - unser neues Haustier?"

„Nein, unser Weihnachtsbraten!" Dagmar stand in der Zwischenzeit schon in der Diele und sah die schneeweiße Gans.

„Was soll das Vieh hier in der Wohnung?", stammelte sie angeekelt.

„Das ist unser Weihnachtsbraten von einer dankbaren Patientin."

„Und wie soll die in die Bratpfanne kommen?"

„Na, ich bin schließlich Arzt und weiß, wie man Menschen heilt, da werde ich doch wohl diese Gans human einschläfern können." Agatchen wurde in das Badezimmer gesperrt und alle saßen bedrückt am Tisch.

„Wann wollen wir die Gans tot operieren, Papa?"

„Übermorgen ist Samstag, da habe ich Zeit dafür."

„Willst du nicht lieber meinen Vater anrufen, Hansi. Die hatten doch nach dem Krieg auch Viehzeug, der weiß bestimmt noch, wie man so ein Vieh schlachtet und vor allem ausnimmt."

„Dagmar, die Blöße gebe ich mir nicht. Und das Ausnehmen ist für mich als Arzt mit meinen Möglichkeiten kein Problem." Am Samstag war es dann soweit — die Gans Agatchen sollte, nachdem sie Dagmar schon fast an den Rand eines Nervenzusammenbruchs gebracht hatte, tot operiert werden. Hansi nahm seinen Koffer mit den notwendigen Instrumenten und kleidete sich auch entsprechend nach Vorschrift einer Operation. Agatchen schaute ihn mit ihren kleinen lustigen Augen erwartungsvoll an. Hansi nahm den Äther und versuchte das benetzte Tuch auf den Schnabel von Agatchen zu setzen. Die ging keifend und angriffslustig auf Hansi los. Daraufhin begoss Hansi erst den Kopf der Gans und dann den Körper mit Äther in der Hoffnung, dass Agatchen diesem Betäubungsmittel erliegen würde. Aber ein Arzt, der das Studium an den Menschen gemacht hatte, kann noch lange nicht alles auf ein Tier beziehen, und auf Agatchen sowieso nicht. Und so hatte Hansi keine Chance, die Gans zu betäuben. Was nun, dachte Hansi und kroch völlig benommen vom Äther aus dem Bad. Dagmar und Lisa saßen auf der Couch und waren schon von den lauten Schreien, die aus dem Bad kamen, völlig aufgelöst.

"Ruf endlich meinen Vater an!", schrie Dagmar hysterisch ihren Hansi an. Aber das hatte keine Wirkung, weil Hansi schon auf der Couch eingeschlafen war. Agatchen hingegen schnatterte munter im Bad und machte nicht den Eindruck, als hätte sie jemals etwas mit Äther zu tun gehabt. Dagmar riss wütend den Telefonhörer von der Gabel und rief ihren Vater an. Am gleichen Abend holte er die Gans ab und versprach, sie pünktlich zum Fest küchenfertig gerupft und ausgenommen abzuliefern. Und so war es dann auch. Schlapp hingen die Füße vom nackten Körper, der gestern noch so munteren Gans Agatchen, herunter, als sie auf dem Küchentisch lag. Lisa schaute sie sehr traurig an und Dagmar erkannte, dass hier Aufklärungsbedarf war. Sie beschäftigte Lisa damit, die Gans mit Äpfel, Zwiebel und Nüssen zu füllen und beide banden die Füße mit Band zusammen und freuten sich über den gut geschnürten Weihnachtsbraten. Es dauerte nicht lange, bis sich der Duft des Bratens durch die ganze Wohnung ausgebreitet hatte und so den Appetit anregte. Dagmar und Lisa deckten den Tisch sehr festlich und erwarteten die Eltern zum Fest in ihren schönsten Kleidern. Der Besuch kam pünktlich und Dagmar freute sich über den gut gelungenen Braten. Alles wurde dekoriert und Lisa setzte noch die gebastelten Stulpen auf Agatchens Füße. Hansi hielt seine jährliche Weihnachtsrede und legte jedem ein Stück Agatchen auf den Teller. Dagmar steckte den ersten Happen Fleisch in den Mund und sprang auf. Sie lief in das Badezimmer und spuckte das Fleisch aus. Als sie verärgert zurück an den Tisch kam, schüttelten sich alle Gäste aus vor Lachen, nur Herrn Dr. Hans Grausmich war das Lachen vergangen. Die Gans schmeckte noch nach Äther und war nicht genießbar. Dieses Festmahl wurde dann ein fleischloses Vergnügen.

Oskars Weltuntergang

„Halt! Siehst du den Holzwinkel nicht, Erika!" schrie Oskar empört, und legte das Band auf die Erde. „Oskar, übertreibe es nicht so mit den Beeten, die paar Zentimeter sieht doch keiner."

„Doch, ich!" Oskar stelzte über die Beete und richtete die Blumenrabatte nach einem eigens erarbeiteten Muster ein. Erika pflanzte nach genauen Anweisungen jede Blume, und ließ so der Pedanterie freien Lauf. Nach vollbrachter Gartenarbeit saßen beide, völlig geschafft, auf der Terrasse und schlemmten ihren Kuchen. Nur noch die Bommel von Oskars Gartenmütze war hinter der großen Zeitung zu sehen, und er beschäftigte sich sehr intensiv mit einem Artikel.

„Was interessiert dich heute so sehr, Oskar?" fragte Erika.

„Das kannst du dir nicht vorstellen! Hier ist eindeutig nachgewiesen, dass Nostradamus den Weltuntergang für eine Jahrtausendwende vorhergesagt hatte."

„So ein Quatsch."

„Was? Quatsch? Das war ein Astrologe, der hatte bisher immer Recht. Aber du beschäftigst dich ja nicht mit Wissenschaft."

„Wann denn?" Oskar legte die Zeitung, natürlich korrekt gefaltet, in den dafür vorgesehenen Behälter. Er widmete sich wieder seinem neu angelegten Beet. Jeder Blumensorte gab Oskar einen eigenen Namen, denn er hatte gelesen, dass sie besser wachsen würden, wenn er mit ihnen spricht.

„Soll ich dir noch ein Bier mitbringen, Oskar?" rief Erika aus der Küche.

„Nein, danke! Ich brauche einen klaren Kopf."

„Warum, es ist Samstagabend, und du arbeitest erst wieder Montag im Amt."

„Im Fernsehen bringen die gleich einen Bericht über die Umstellung der Zeit und Computer im Jahr Zweitausend."

„Heute, am Samstag?"

„Sei still, ich will das jetzt hören."

„Erika, hast du das gehört? !"

„Was denn, ich lese, wie du siehst."

„Na, in Rußland sind die Atomraketen nicht für die Umstellung Zweitausend fähig, und die Amis haben schon Experten rüber geschickt."

„Was denn, könnten die alle hoch gehen?"

„Die und noch mehr, denn die Abwehrsysteme der anderen Länder reagieren sofort, wenn eine Rakete auf der Welt hochgeht."

„Und, was bedeutet das?"

„Na - den Weltuntergang!"

„Quatsch, soweit lassen die das nicht kommen. Wann ist die Sendung zu Ende? Kommt heute noch ein schöner Film?"

„Ja, über einen Computercrash Zweitausend."

„Dann gehe ich schlafen." Oskar stand mit völlig verquollenen Augen vor dem Spiegel und zog seinen Scheitel mit dem Kamm korrekt in die vorbestimmte Richtung. Danach holte er die dicke Wochenendzeitung aus dem Kasten und gleich starrte ihn die fettgedruckte Überschrift 'Was machen die Computer am 1.1.2000?' an. Oskar ging, die Zeitung durchblätternd, in die Küche und fing sofort an, den Artikel zu studieren.

„Oskar, dein Kaffee wird kalt!" rief ihm Erika zu. Oskar ließ die Zeitung langsam auf den Tisch fallen und schaute Erika leichenblass an.

„Oskar, was ist mit dir?"

„Erika - die Welt geht unter", stammelte er völlig verstört vor sich hin.

„Was hast du eben gesagt?"

„Die Welt geht unter, und ich muss jetzt gleich errechnen, wie lange wir noch leben."

„Oskar, leg dich erst einmal auf die Couch und beruhige dich."

„Nein, ich muss eine Strategie erarbeiten, wie wir das überleben können!" Oskar sprang auf und lief hastig zu seinem Computer.

„Wo ist Susanne? !" schrie er nach kurzer Zeit.

„Susi schläft noch, sie war gestern in der Disco im Dorfkrug."

„Hol sie sofort aus dem Bett, ich komme wieder nicht ins Internet!"

„Was willst du denn im Internet?"

„Ich muss mein Horoskop für Zweitausend lesen, ob ich noch eine Überlebenschance habe."

„Da kann ich dir auch helfen." Erika setzte sich an den Computer und klickte HOROSKOPE an, danach Oskars Sternzeichen. Nach kurzer Wartezeit und der Bestätigung des zu zahlenden Geldbetrages erschien das Horoskop für Oskar: Sie werden für das nächste Jahrtausend selbst handeln müssen. Einschneidende, unerwartete Veränderungen, die auf Sie zukommen, werden ihr Leben bestimmen ...

"Schalt` aus, Erika, das reicht mir schon."

Erika beendete die Internetseite und schaute zu Oskar, der völlig fassungslos neben ihr saß.

„Jetzt werde ich eine genaue Überlebensstrategie erarbeiten, Erika", sagte Oskar kämpferisch. Nachdem Oskar bis spät in die Nacht am Computer gearbeitet hatte, verfolgte ihn seine Vision noch in den nächtlichen Träumen. Schweißgebadet und völlig zerschlagen quälte er sich am anderen Morgen zum Telefon.

„Hallo, hier ist Oskar Winzling, ist der Chef schon da?"

„Ja, ich verbinde", trällerte eine weibliche Stimme.

„Oberrat Dr. Feldherr", herrschte eine Stimme in Oskars Ohr.

„Guten Morgen, Herr Oberrat Dr. Feldherr, hier ist Oskar Winzling. Ich möchte sie höflichst um eine Woche Urlaub bitten. Ich muss dringend den Umbau meines Hauses organisieren."

„Wie viel Urlaub haben sie noch?"

„Den ganzen Jahresurlaub, Herr Oberrat Dr. Feldherr, und ich bitte um fünf Tage."

„Ist genehmigt!"

Bevor Oskar seinen Dank aussprechen konnte, klickte es schon in der Telefonmuschel. Nun stand Oskar die Zeit zur Verfügung, die er sich errechnet hatte, und er konnte mit der Umsetzung seiner Strategie beginnen. Nachdem Erika sich kopfschüttelnd von ihm verabschiedet hatte, richtete Oskar sein eigenes Organisationsbüro ein. Punktgenau arbeitete er jedes Telefonat mit Bank, Handwerkern, Händlern, Bundeswehr und Versicherern ab. Er vereinbarte Ortstermine und errechnete einen Finanzierungsplan. Oskar bestellte sich einen Spezialisten der Bundeswehr

für die Beratung und die Anschaffung einer atom-
sicheren Ausrüstung. Die ganze Urlaubswoche
war mit Terminen verplant. Am Samstag saß
Oskar zufrieden in seinem Organisationsbüro
und ordnete die vielen Angebote. Nach korrekter
Kleinarbeit stand nun folgender Finanzierungsplan fest:

1.	Schutzwall mit anzufahrender Erde um das Haus errichten	20,0 TDM
2.	Austausch aller Fenster im Haus nach Atomstandard	25,0 TDM
3.	Dachversiegelung	20,0 TDM
4.	Keller mit Beton verstärken und alle Fenster zu mauern	30,0 TDM
5.	Alle Türen gegen Feuerschutz- türen austauschen	15,0 TDM
6.	Notstromaggregat	5,0 TDM
7.	Wasserspeicheranlage	10,0 TDM
8.	Luftfilteranlage	25,0 TDM
9.	Sanitäre Einrichtungen im Keller errichten	12,0 TDM
10.	Möblierung des Kellers	5,0 TDM
11.	Vorräte für sechs Monate	10,0 TDM
12.	Atomschutzausrüstung für vier Personen	10,0 TDM
	Gesamtaufwand	187,0 TDM

Erika und Susi hatten die Order, Oskar nicht bei
seiner, so überaus wichtigen, Aufgabe zu stören.
Und so hatten sie auch keinen Einblick in das
Geschehen. Pünktlich um 17.00 Uhr saß Oskar vor
dem großen Schreibtisch des Filialleiters seiner

Hausbank. Herr Dr. Wichtig studierte aufmerksam das Finanzierungskonzept. „Sie glauben also die Welt geht unter, Herr Winzling?"

„Ja, Herr Dr. Wichtig, ich will vorbeugen und nichts dem Zufall überlassen."

„Das Haus ist nicht mehr belastet, und sie wollen jetzt eine Hypothek in Höhe von 140.000,00 DM aufnehmen?"

„Sie haben als Bank alle Sicherheiten und Eigenmittel bringe ich auch mit ein."

„Als Beamter haben sie ein geregeltes Einkommen, aber warum wird ihre Frau nicht mit einbezogen?"

„Nein, ich will das alleine machen."

„In Anbetracht der Sicherheiten und ihrem regelmäßigem Einkommen werde ich diese Summe bestätigen. Den Zinssatz kann ich leider nicht so günstig vereinbaren. Es handelt sich bei ihrem Konzept nicht um die Verbesserung der Wohnqualität, sondern der Umbau dient eigennützigen Zwecken. Ich mache ihnen trotzdem ein gutes Angebot, mit 10,5 % nominalem Zins und 2 % Tilgung sind wir dabei."

„Vielen, vielen Dank, Herr Dr. Wichtig", freute sich Oskar sichtlich und sprang auf. Herr Dr. Wichtig erhob sich langsam und verabschiedete Oskar mit einem Schmunzeln.

Die Sonnenstrahlen streichelten das Gesicht von Erika und sie öffnete langsam die Augen. Oskar war nicht zu Hause, und so hatte Erika viel Zeit, um ihren ungeplanten Urlaubstag zu genießen. Das Telefon klingelte und Erika sprang aus dem

Bett. „Winzling", meldete sie sich mit verschlafener Stimme.

„Hallo Liebling, hier ist Klaus", klang es freudig am anderen Ende.

„Klaus, heute habe ich alle Zeit der Welt für dich allein."

„Wann können wir uns sehen, und wo?"

„Wie immer im Gartenhaus bei Inge, den Schlüssel hat sie mir schon gestern gegeben."

„Ich erwarte dich in einer Stunde dort - ich liebe dich, Erika."

Sie legte den Hörer auf und eilte ins Bad. Eine halbe Stunde später saß sie in ihrem Auto und fuhr in die Gartenanlage zu Klaus. Eine heftige Umarmung ging dem kommenden Liebesabenteuer voraus. Beide lagen glücklich vereint auf der Liege.

„Wann willst du es ihm endlich sagen?" fragte Klaus.

„Er steht total unter Stress und glaubt wirklich an den Weltuntergang."

„Das Haus mit dem großen Schutzwall und den vielen Handwerkern ist doch eine Zumutung für dich."

„Ja, es ist schon total stressig, und mit Oskar habe ich nur noch Streit, selbst Susi wohnt schon bei ihrem Freund."

„Komm zu mir, Erika, pack deine Sachen und komm. Mit Uschi habe ich alles geregelt."

„Nein - im neuen Jahr."

Oskar stand vor dem Kühlschrank und stapelte den Inhalt in einen großen Korb.

„Was machst du da?" fragte Erika gereizt. „Ich richte den Keller ein, heute ist Silvester."

„Aber, wir brauchen hier oben auch noch etwas!"

„Nein, ihr kommt alle pünktlich um 23.30 Uhr mit in den Keller. Wo ist Susi?"

„Susi — die ist, na ja, mit ihrem Freund, na, die ist weggefahren."

„Wohin?"

„Nach Berlin, zur großen Silvesterparty mit Superfeuerwerk."

„Ist meine Tochter total verrückt geworden?"

„Oskar, bleib doch mal vernünftig, du ekelst das Kind noch aus dem Haus mit deiner Engstirnigkeit!"

„Was? Engstirnigkeit? Aber, Mutter und du, ihr kommt mit in den Keller!"

„Nein — ich gehe in den Dorfkrug!"

„Wenn du mit dem Rest der Welt untergehen willst — ich kann dich nicht halten!"

Oskar hatte den Keller atomsicher eingerichtet und bewegte sich pünktlich um 23.30 Uhr dorthin. Es war ihm sehr unwohl zumute und er hatte am Silvesterabend noch den Gottesdienst besucht. Er war überzeugt von seiner Vision und glaubte fest daran, dass er das Richtige getan hatte. Mutig und in Sicherheit schwelgend machte er eine Flasche Champagner auf. Alle Geräte waren ausgestellt, damit um Null Uhr alles nach seinem Plan in Betrieb genommen werden könnte. Oskar saß allein in seinem großen Ohrensessel und zählte laut die letzten Sekunden des zwanzigsten Jahrhunderts. Er erhob sich pünktlich um Null Uhr und grölte stolz die Nationalhymne. Oskar lauschte und hörte aus der Ferne lautes Böllern. Da sind die Raketen gleich, dachte er, und lehnte sich zufrieden in seinem Sessel zurück. Kurze Zeit später schlief er fest ein. Oskar wurde aus einem schrecklichen Traum wach, und befand sich nicht, wie erwartet, in völliger Dunkelheit. Das Licht brannte noch immer. Oskar stellte erst den Fernseher und dann den Computer an. Das funktionierte auch, und aus den Nachrichten konnte er erfahren, dass die Menschen in aller Welt das Jahr Zweitausend mit Gedenkminuten, Megafeuerwerken, Gottesdiensten, Babyglück und Eheschließungen begrüßten — sie feierten das Millennium. Unfassbar, dachte Oskar und überlegte, ob er sich doch an die Oberfläche des Hauses wagen sollte. Langsam und skeptisch öffnete er die schwere Eisentür und ihm schien die Sonne über dem mächtigen Erdwall entgegen. Er ging in die Küche. Auf dem großen Küchentisch fand er ein Telegramm und einen Briefumschlag, an ihn adressiert. Er öffnete das Telegramm:

BIN MIT MARK NACH IBIZA GEFLOGEN — BLEIBE FÜR IMMER DORT — MELDE MICH BALD — SUSANNE

Oskar konnte es nicht fassen und öffnete völlig benommen von dieser Nachricht den Brief:

Lieber Oskar,

wie du siehst ist die Erde noch völlig in Ordnung. Leider hat unsere Ehe in der vergangenen Zeit so sehr gelitten, dass ich mich entschlossen habe, dich zu verlassen. Ich werde mit Klaus ein neues Leben beginnen. Die wichtigsten Sachen habe ich mitgenommen. Meine Anwältin wird sich mit dir in Verbindung setzen, wegen der Scheidung.
Alles Gute, Erika.

„Ich habe es gewusst", murmelte Oskar vor sich hin, „das ist mein Weltuntergang, das Horoskop hatte doch recht. "

Rudis neunzigster Geburtstag

Leise knarrte die Tür beim Öffnen. Schwester Erika schlich, gefolgt von zwei festlich gekleideten Herren, die hinter ihrem großen Blumenstrauß kaum zu sehen waren, in das Zimmer von Opa Rudi.

„Hoffentlich schläft er nicht zu fest", flüsterte sie den beiden Herren zu. Sie streichelte den kahlen Kopf von Rudi und erhielt ein vergnügliches Grunzen zur Antwort.

„Was ist, gibt es schon wieder Milchbrei?", brummelte Rudi.

„Nein, etwas viel schöneres. Wir machen jetzt mal die Augen auf, Opa Rudi, wir werden staunen!" Opa Rudi öffnete langsam seine Augen und sah den großen Blumenstrauß.

„Ist das schon mein Grabstrauß?" Alle drei stellten sich in einer Reihe vor Rudis Bett auf und sangen ganz begeistert das Kinderlied: „... weil heute dein Geburtstag ist ..."

„Herzlichen Glückwunsch zu Ihrem neunzigsten Geburtstag, Herr Klose. Ich freue mich, sehr geehrter Herr Klose, dass Sie nun als ältester Bürger auch gleichzeitig Ehrenbürger unserer Stadt sind!"

Der Bürgermeister machte einen unterwürfigen Diener und der Herr von der Presse feuerte das

Blitzlicht ständig in Richtung Opa Rudi und Bürgermeister ab.

„Nun ist aber Schluss! Ich feiere heute das einunddreißigste Mal meinen neunundfünfzigsten Geburtstag, das ist noch lange kein Grund Ehrenbürger zu werden."

Alle lachten gekünstelt und standen unbeholfen im Raum.

„Schwester, hol doch mal 'ne Flasche Korn und drei Bier, ich muss meinen Gästen etwas anbieten!" jubelte Rudi fröhlich.

„Aber Opa Rudi, wir dürfen doch keinen Alkohol trinken", flüsterte die Schwester.

„Brauchst ja nicht mittrinken! Ich will jetzt einen Korn und ein Bier!"

„Ja, ja, verabschieden wir erst einmal die Gäste."

Schwester Erika bettet Opa Rudi in Sitzposition und die beiden Herrn gaben ihm sichtlich erleichtert umständlich die Hand zum Abschied. Nun saß Opa Rudi wieder da, hörte die Tür ins das Schloss fallen und überlegte, wie es dazu kommen konnte, dass er schon neunzig Jahre auf dieser Welt leben durfte. Eigentlich betrachtete er sein Leben nur noch als Dasein, als Strafe.

Essen — trinken — Windeln wechseln — waschen — ein paar Schritte mit Hilfe laufen — fernsehen und warten, warten, warten — auf den Tod.

Er hatte es schon vor Jahren aufgegeben zu kämpfen. Er dachte auch nicht darüber nach, wie es sein würde mit dem Tod, denn mit ihm hatte er sich auch schon vor langer Zeit verbündet. An dem Tag, als er das Letzte seiner vier Kinder begraben hatte, rief er nach dem Gevatter Tod, dass er ihn zu seiner Familie bringen sollte. Nun saß er noch immer in seinem Bett, gewindelt wie ein kleines Kind und niemand erhörte seinen Wunsch. Sollte ich einen letzten Kampf führen, dachte Opa Rudi. Den Kampf, dass mir der junge Doktor meinen Wunsch erfüllt und mir den Tod zu meinem neunzigsten Geburtstag schenkt. Aber er darf es nicht, ich werde diesen Kampf verlieren, wie ich im meinem Leben oft verloren hatte. Es ist schon verrückt — so eine Gastrolle auf dieser Welt. Im Leib meiner Mutter, was für eine gute Frau, war ich behütet. Sie sorgte für Nahrung, Wärme und Schutz. Dann spürte ich diesen Schmerz und hörte die Schreie meiner Mutter. Der erste Lebenskampf begann, meine Geburt. Ich musste mich durch diese enge, dunkle, feuchte Gasse quälen. Große Hände griffen schroff meinen kleinen Körper, stellten ihn auf den Kopf und steckten mich in einen großen Behälter mit Wasser. Sie schnürten mich in Tücher ein und ließen mich allein in einer Kiste, weit entfernt von der Mutter. Ich schrie und der Kampf um das tägliche Brot begann. Windeln wechseln, Fläschchen trinken, Bäuerchen und Fürzchen machen, alles sollte funktionieren und ich erhielt viel Bewunderung von den Eltern und Verwandten dafür. Plötzlich sollte ich stehen, laufen und alleine essen. Ich konnte mich wehren, aber es war ein verlorener Kampf, ich saß am Tisch und aß allein. Dann machte ich mein Bäuerchen und Vater schimpfte. Ich versuchte es mit dem viel gelobten lauten Fürzchen am Tisch, kein Lob, einen Klaps auf den Po zur Abgewöhnung. Wer sollte das alles verstehen? Opa Rudi schmunzelte vor sich hin, hob die Decke und horchte nach seinem lauten Furz. Heute freute sich die Schwester auch wieder, wenn es mit dem Furz klappte und der Schieber gut gefüllt war. Es ist schon unbegreiflich mit den Verboten und den Normen. Das mit der Erziehung war auch so ein Kampf gegen die Eltern. Alles, was mir Spaß machte, wurde mir verboten, erst von den Eltern, dann von den Lehrern und später von der Frau. Noch nicht einmal in Ruhe popeln ließen die mich. Was war ich für ein schneidiger Bursche. Die Mädels schauten sich reihenweise nach mir um und das machte erst einmal Spaß. Wie viele habe ich so vernascht, bis ich Dussel meine Beherrschung verlor und die schöne Gerda schwängerte. Zur Engelmacherin wollte die nicht gehen, dann wollte sie eher ins Wasser springen. Also hatte ich auch diesen Kampf verloren und ehelichte sie schon in sehr jungen Jahren, wie alt war ich da? Nie wollte ich Handwerker werden, aber mein Vater war Dachdecker und ich musste den Betrieb übernehmen – also wurde ich Dachdecker. Damit ich auch noch so richtig was tun bekam, schenkte Gerda mir ein Zwillingspaar, dazu noch zwei Mädels. Vater war entsetzt und schrie: „... wir brauchen einen kleinen Dachdecker für die Firma ..." Rudi rutschte in Liegestellung und starrte abwesend zur Decke. Er wurde müde, aber sein Gehirn ließ ihn nicht zur Ruhe kommen und er sah seine Gerda in der großen Küche vor sich stehen mit der blaugeblümten Kittelschürze. Gerda war eine fleißige und ordentliche Frau, ich hatte höllischen Respekt vor ihr. Besonders die große Bratpfanne war ihre Waffe, wenn ich mal wieder besoffen nach Hause kam. Aber was heißt besoffen, ich feiere heute meinen neunzigsten

Geburtstag und da will ich einen Korn und ein Bier trinken. Opa Rudi drückte auf den Klingelknopf und wenig später stand Schwester Erika vor seinem Bett.

„Wo bleibt das Bier und der Korn?", fragte Opa Rudi energisch. Der Stationsarzt stand im Flur und hörte die Forderung von Rudi. Er ging in das Zimmer und gratulierte. „Haben Sie sonst noch Wünsche, Opa Rudi?", fragte der Arzt.

„Aber klar doch, ein Eisbein mit Sauerkraut und Erbspüree, eine Flasche Korn zur Verdauung und eine Kiste Bier. Ach ja, ein nacktes, vollbusiges Weib in meinem Bett wäre auch gut — natürlich nur zum Grabbeln." Der Arzt brach in lautes Gelächter aus und Schwester Erika stand entsetzt daneben.

„Na ja, das mit dem Eisbein, zwei Flaschen Bier und einer kleinen Flasche Korn kann ich genehmigen. Das mit dem nackten, vollbusigen Weib werde ich wohl nicht organisieren können."

„Aber die Titten von der jungen Schwester Monika einmal anfassen, dass werden sie wohl hin bekommen, Dokterchen?"

„Aber Opa Rudi, wir sind hier nicht im Freudenhaus!"

„Schade, da hatte ich früher tolle Zeiten!"

Schwester Erika und der Arzt verließen das Zimmer. Rudi saß mit funkelnden Augen in seinem Bett und stellte sich vor, wie es früher im Freudenhaus war. Die schönsten, üppigsten Weibsbilder hatte ich mir gegönnt, denn meine Gerda wollte nichts mehr von diesen Dingen wissen. Sie hatte große Angst vor der nächsten Schwangerschaft. Aber den Sohn sollte sie noch gebären und sie hatte mir diesen Wunsch nicht verweigert. Als unser Kind mit nur einem Jahr plötzlich starb, kämpfte ich mit der Frage der Gerechtigkeit auf dieser Welt. Wie hatte ich diesen kleinen Jungen in mein Herz geschlossen, er war mein Abbild, mein Temperament und er schien kerngesund zu sein. Rudi wischte mit dem Bettzipfel die Tränen aus den Augen. Warum lag dieses kleine Wesen morgens plötzlich tot im Bett? Der einzige Trost waren die Flasche und die Huren. Wie mussten sich Gerda und die Zwillinge gefühlt haben, ich dachte wirklich nur an mich. Ich hatte ein so großes Leid zu tragen. Nie werde ich vergessen, ich schäme mich noch heute dafür, wie ich wütend und betrunken aus dem Hurenhaus kam und mich wie ein Tier auf Gerda geworfen hatte. Sie wollte sich wehren, doch ich schlug sie und schrie sie in meinem Wahn an, sie sollte mir einen gesunden Sohn schenken. Die halbe Nacht lag ich auf ihr, ich glaube heute, sie war ohnmächtig vor Schmerzen. Rudi wischte wieder mit dem Bettzipfel über seine Augen. Gerda war danach schwanger, redete kaum noch mit mir und gebar einen zehn Pfund schweren Jungen. Die Geburt nahm ihr die letzte Kraft und sie starb in meinen Armen im Fieberwahn. Ich rannte zu den Huren und ließ die Kinder fünf Tage allein. Marie kümmerte sich dann um die Kinder und die Wirtschaft. Mein Leben war nur noch Dächer decken, saufen und huren. Die Tür ging auf und Schwester Erika stand mit einem Tablett, gefüllt mit Eisbein, Bier und Schnaps vor Opa Rudi.

„Mein Gott, das ist eine Henkersmahlzeit!", schrie Rudi begeistert.

„Ich hätte das nicht gestattet", zischte Schwester Erika.

„Aber nicht so kleinlich, nach dem Alkoholentzug vor vielen Jahren habe ich nie wieder getrunken. Heute ist mein neunzigster Geburtstag und jetzt ist doch eh alles egal, oder!?" Schwester Erika schob ihm den Tisch an sein Bett und servierte ihm das gewünschte Mahl.

„Geht das allein oder soll ich helfen?"

„Lass mal stehen, wenn das nicht klappen sollte, werde ich klingeln — heute will ich es mal allein versuchen, auch wenn es neue Bettwäsche kosten wird."

Rudi rückte mit seinen knochigen Händen alles zurecht und führte das Bierglas mit zitternden Händen zum Mund. Mit einem Zug war das Glas leer und den Schnaps kippte er ebenfalls mit einem Hieb hinter. Das Eisbein war sehr mager und schon in kleine Häppchen geschnitten. Mit dem Löffel und ganz langsam aß er den Teller leer.

„Das ist das beste Essen seit Jahren", flüsterte er vor sich hin und kippte den nächsten Korn zur Verdauung nach. Er legte den Kopf völlig erschöpft zurück auf das Kissen und machte zufrieden die Augen für immer zu.